「勇吾……イか、せて……お願い……」

　再度の懇願で勇吾は私を解放すると、ぐっと力いっぱい腰を抉るように律動させた。

「あああああああ………っ」

　やっと訪れたその瞬間に、私は全身を震わせながら欲望を発散させる。　（本文より）

# つがいの半身 ～オメガバース～

SHIO SAKURAI
佐倉井シオ

Illustration
白崎小夜

SLASH
B-BOY NOVELS

この物語はフィクションであり、実際の人物・団体・事件等とは、一切関係ありません。

CONTENTS

つがいの半身 7

妊孕《にんよう》 ～つがいの掟後日譚～ 193

あとがき 256

# つがいの半身

神は自分のかたちに人を創造された。すなわち、神のかたちに創造し、男と女とに創造された。

『創世記』より

かつ、神は男と女のほかに、人を三つの形に分けた。

持たざる者であり、当たり前の存在である「普通種」、あらゆる点において特別かつ優秀な才を与えられた『優勢種』、そして、人として最も必要とされる繁殖に特化した『無明』に。

ガタガタと、家具の揺れる音が部屋の中に響く。他に聞こえるのは、荒い息遣いと、殺そうとして殺しきれない甘い喘ぎのみ。

紅《あか》く染まった唇を必死に噛み締めても、腰を突き上げられるたび、結んだ唇の間から堪《こら》えられない吐息が零《こぼ》れ落ちる。

「ん……ん、ん……」

苦しさや辛さ以上に、次から次に襲ってくる苛烈《かれつ》なまでの快感のため、かろうじて残っていた理性や思考力が溶けていく。

海外から取り寄せたアンティークのライティングデスクに両手を突き、後ろに腰を突き出すという恥ずかしい格好も、すでに気にならなくなっていた。

細い腰には武骨な男の手が添えられ、そして剝《む》き出しの尻の間には、猛った他人の肉が突き立てられている。

その肉棒が、細かな襞《ひだ》の集まった、目いっぱい拡げられた孔《あな》を出入りするたび、内側の粘膜を擦って新たな熱を生む。

「……気持ちいいのか？」

背中を覆うシャツを捲り上げ、露《あらわ》になった鎖骨の窪みを手で擦られた刹那《せつな》、全身が総毛立った。

その瞬間、中にある男の熱を強く締めつけてしまう。

気持ちいいのかただの生理的な現象なのか、今の私には判断する余裕はない。

「……っ」

背後にいた男が息を呑んだ直後、奥のほうで熱いものがさらに怒張する。これ以上ないほどに拡げられていた場所を隙間がないぐらい猛った欲望で埋め尽くされるのがわかる。

「ん」

息苦しさを覚えたあと、最奥《さいおう》で勢いよく溜まっていた欲望が放出される。じわりと中に広がっていく熱いものが、内壁に吸収されることなく二人の体を繋げた場所から溢《あふ》れ太腿を伝っていく。しかし吐き出してなお、体の奥深くにあるものは大きさを変えることなく、存在を誇示したまま蠕動《ぜんどう》している。

「あ、や……ああっ」

頭で考えるよりも前に甘い声が口を吐く。こんな声は私のものではない。私のものであるはずがない。否定しても、自分の声であることは紛れもない事実で、背後にいる男の耳にも届いている。

無言のままの男は荒い呼吸をしながら、私の腰を痛いぐらいに摑み、ゆっくり自分の腰を揺らし続けていた。

「孝信《たかのぶ》」

名前を呼ばれた瞬間、私は条件反射のように頭を後ろに向ける。背後から回ってきた逞《たくま》しい腕に顎《あご》を捕らえられ、口づけをしようと無理な体勢で顔が近づいてきた。

互いに息は上がったまま、伸ばされる舌の生々しい色と小さな突起を目にした刹那、私の中で何かがまた疼《うず》いてしまう。

貪るように唇が重なってくるのと同時に、体内の異物が硬度をさらに増す。そして纏わりつく柔らかい襞を引きずるようにして、激しく腰を突き上げてきた。

「んっん、ん……っ」

深い場所で舌を絡められたままの抽送《ちゅうそう》に、何度も達している私の下肢がぶるっと震えた。先端から白濁した蜜を溢れさせながらドクドクと脈を打ち、また頭をもたげ始めている。そこに後ろから伸びてきた男の指が絡みついてくる。

「っ！」

直接的な刺激に全身が痙攣《けいれん》したように震えて、腰に力が籠《こも》る。

「そんなに締めつけたら千切《ちぎ》れるだろう」

軽く唇を触れ合わせたまま紡がれる声は、さすがに上擦《うわず》っている。ぎりぎりで二度目の放出を堪えたのか、猛った己のものを引きずり出していく。

咥《くわ》えていたものが失われる感覚に、中がきゅっと締まる。そうした場所に、また一気に猛ったものが突き立てられる。

「あ」

声を上げるのと同時にまた引き抜かれ、また奥まで挿《はい》ってくる。

咄嗟《とっさ》に体を支えようとしたが、それよりも腰を突かれる動きのほうが強かった。掌《てのひら》が滑りデスクの上に置かれていた書類をばら撒《ま》いてしまう。それでも体は止められず、デスクの天板に頰を擦りつけ、反対側の幕板を摑んだ。そうしてやっとのことで動きを止めた私の体に、男は口元に笑みを湛《たた》え、激しく己の欲望を進めてくる。

先に中に吐き出されたものが、欲望が出し入れされるたび、グチュグチュといういやらしい音を立てた。

「わかっているか、孝信。お前の体がどんな風に俺を求めているか」

突っ伏した私の背中に折り重なるように体を前に倒し、熱い吐息に背筋がぞくぞくする。改めて言われなくても、嫌というほどわかっている。

「お前の中、俺を受け入れるためにどんどん変化している。自分より格下だと思っていた人間に犯されるのは、どんな気分だ？」

耳殻《じかく》に舌を伸ばされ、そこで聞こえる水音に全身が粟立《あわだ》った。

体が溶かされるのと同じでどろどろに溶けかけていた私の意識が、男の言葉で形を留めた。それこそ、何度も確認するがごとく、繰り返されている。

寝室でない場所で私を組み敷き、下半身を剝き出しにした状態で凌辱《りょうじょく》するだけでは気が済まないのだ。男の目的は、私の口から屈辱に塗《まみ》れた言葉を言わせることだ。

初めてのときは、私自身、何が起きているかわからず、混乱し動揺していた。あれから三日目

になった今も混乱していることに変わりはない。だがそれ以上に、今は抑えられない欲望を満たすことが優先される。

「……です」

口の中がやけに渇いている。

「聞こえない」

乱暴に腰を揺らしながら煽《あお》られる。はっきり聞こえるように言わない限り、この状態が永遠に続いてしまう。

「気持ち、いい……」

先端の固い部分が、腰の最奥で疼く場所に当たった。何度擦られても何度解き放たれても、男の放つものが欲しくて欲しくてしょうがない。

だから濡れた視線を、かつて我が家の運転手を務めていた男の息子に向ける。血走った瞳に見られていると、それだけで体中がざわついてくる。

「もっと……奥まで突いて」

発する声は掠《かす》れている。

「それから？」

いやらしく唇を嘗《な》める淫靡《いんび》な動きにも、興奮してしまう。あの舌に体中嘗め回されたい。唾液でべたべたにされた肌を撫で回されたい。

おかしい。こんなのはおかしい。わかっていても理性の箍《たが》は外れてしまった。

「中に出して……お前の……勇吾《ゆうご》の精液をすべて、私の中に出し、て……っ！」

恥ずかしい言葉を口にするように強いておきながら、成澤《なりさわ》勇吾は私に最後まで喋《しゃべ》らせない。奥のほうを集中的に突くような動きを続けたのち、掌の中で扱《しご》いていた私自身の射精を促すように、指先を先端まで移動させた。

「ん……あああああ……っ」

やっと訪れたその瞬間、瞼の裏で何かが破裂したような感覚が生まれ、全身に電流のような刺激が広がっていく。勇吾の掌の中で私自身が頂《いただき》に達するのと同時に、体の中にある勇吾自身をも強く締めつけ、熱を絞った。

「くっ」

息を呑む音のあと、ごぷっと体の中で熱いものが吐き出される。弛緩《しかん》する内壁は名残を惜しむようにそこにある欲望を優しく締めつける。その締めつけに抗《あらが》うように、勇吾は解き放ってなお硬さを維持したままの欲望を乱暴に私の腰から引きずり出した。

勢いよく先端が飛び出るのと一緒に、中に放っていたものがとろりと溢れた。それを惜しむように、後孔が細かく収縮する様を、勇吾は見逃さない。

「まだ足りないのか」

喉の奥で笑った勇吾は、私が解き放ったもので汚れた掌を、肌に押しつけてきた。ねっとりとしたもので濡れた指で胸の突起を弄《いじ》られると、条件反射のように体が震えてしまう。女性のような膨《ふく》らみも柔らかさもない胸なのに、単なる飾りのような小さな突起を押されると、快感が生まれた。

「孝信」

名前を呼びながら体を反転させられる。中途半端に脱がされた淫らな私の姿を眺めて勇吾が笑う。

「まだ欲しいのであれば、俺をその気にさせろ」

勇吾は勃起した己に手を添え上下に動かす。濡れて淫らな艶を放つ赤黒い欲望を目にした刹那、私は口の中に溢れた唾液を、無意識に飲み干した。

目の前に立つ勇吾は、見上げる長身で髪は短く切り揃えられている。意志の強さを表す太い眉と、切れ長の目元が印象的だ。日に灼《や》けた精悍《せいかん》で均整の取れた体は、同じ男である私の目から見ても羨《うらや》ましい。

いつも身に着けている軍服ではなく、礼装に身を包んでいるせいか、禁欲的さよりも秘めたる男の艶が印象的だ。

襟元のタイを指で外し、釦《ボタン》をふたつ外す。露になった胸元から立ちのぼる濃厚な匂いに、強烈な眩暈《めまい》を覚える。服で隠された男の肩には、今も消えることのない火傷の痕が残っているはずだ。幼い頃、私を庇ってできた痕は、今、どんな状態なのだろう。

軽い吐き気が込み上げる一方で、想像するだけで、体の芯が熱くなる。解き放った下肢がまた反応し強く脈を打ち始め、腰の奥にある「何か」がひっきりなしに疼き収縮を繰り返している。

勇吾の解き放ったものが内腿を伝う感触も、欲望を煽る作用のひとつだった。膝がガクガクして自力で立っているのが辛い。そんな私を勇吾はじっと見つめている。彼の瞳に映し出されているのは、今は私だけ。羞恥と快楽の混ざった複雑な感覚を覚えながら、デスクに乗り上がって右の膝を立てた。

薄い草むらから顔を覗《のぞ》かせる半勃ちの性器を避け、たった今まで勇吾の欲望を咥え込んでいた場所を指で探る。

赤く熟《う》れたそこは柔らかく解きほぐされ、火傷しそうに熱くなっていた。軽く指で左右に押し拡げることで真っ赤に充血した内壁が露になり、白濁した液体が改めてとろりと流れ落ちてくる。無意識に収縮する様に、前に立った勇吾が、まさに「嘗めるような」視線を向けている。

肌がざわめき、ものすごい勢いで血液が全身を巡っていく。

「美しいな」

ゆっくりと歩を進め私の前まできた勇吾は、人差し指を顎に添えくっと上向きにして、鼻が触れ合うほど顔を寄せてきた。

「下半身だけ脱がされ身分が下の男に犯されてなお、お前と言う人間の美しさは損なわれない。まるで西欧の彫像のような端整さは称えられるべきで、穢《けが》されるどころか、男の精を浴びてかえってこれまでの清楚な美しさとは異なる、艶を放っている」

わざと仰々《ぎょうぎょう》しい言葉で私を讃えてから、勇吾は口元に冷ややかな笑みを浮かべた。

「誉《ほま》れ高き西國《さいごく》の人間であるお前が、元運転手の息子に過ぎない俺の前で浅ましい姿を見せるなんて、一体誰が想像しただろうな」

笑ったままの唇が、私の唇に覆いかぶさり、絡められる舌に、微《かす》かに残っていた私の理性が奪われていく。かつて嫌悪した口づけという行為を、今は自分から欲してしまう。

そして再開される激しい腰の動きに、私は歓喜の声を上げる。

「ああ……っ」

もっと深く、もっと強く。頭の隅でそんな自分を激しく嫌悪しつつも、体はどうしようもなく快楽を求めている。腰の奥深くで射精されることを望み、体の中にあるものを締めつけてしまう。

「なあ、孝信。俺は何度お前の中に射精しただろう。数えたことはあるか？」

吐息での問いに私は首を左右に振る。

初めてのときから何度こうして抱かれているか、数えてはいない。数えたくないというのが正しい。つまり、覚えていられないぐらいの回数、抱かれているということだ。

「こうして何度も抱き合っていたら、いつか俺の子を身籠るかもしれないな」

「何、を言って……っ」

不意に告げられる言葉で、私ははっと目を見開く。咄嗟に首を左右に振り抗おうとするが、許されるわけもない。勇吾は私の腰をしっかりと摑み、より深く突き上げてくる。

「ああっ」

「覚えているか。前に邦孝《くにたか》さんから聞いた『無明《むみょう》』の話を」

この状態で尋《たず》ねられても、答えられるわけがない。だからわけもわからず私は首を左右に振る。

「『無明』は、女相手だけでなく男相手にも子をもうけることができるそうだ」

「そんな……」

「『無明』は皆、男女を魅了するため、この世のものとは思えないほど美しいそうだ。お前のように」

勇吾の話はほとんど頭に入ってこない。だが『無明』という単語だけははっきり聞こえてしまった。そして思い出してしまう。

兄が主治医に聞いたという、この世に存在する特別な『優勢種』と『無明』という人間の話だ。西國の人間には『優勢種』が数多く生まれるのだと言っていたのは、はっきり覚えている。そして私は『優勢種』だと言われていた。

そんな私が『無明』のわけがない。

「お前は、『無明』だ」

改めて言われて「違う」と私は否定する。

「この状況でも、違うと言うか」

勇吾は苦笑する。

「違うならどうしてこんな風に男を銜えて喜んでいる？　今日だけじゃない。何度も俺に抱かれてよがってるじゃないか」

私の発言を嘲笑《ちょうしょう》しながら腰を激しく動かしてくる。

「それは……」

「俺が無理やり抱いているだけだと言いたいか？」

私の言いたかったことを勇吾は口にする。

「最初のときのことを覚えているなら、それは嘘だと自分でもわかるはずだ」

しかし続く言葉で私は小さく息を呑む。

「いい加減、お前は自分が『無明』だということを受け入れるべきだ。そして『無明』であるお前は、『優勢種』である俺の種を植えつけられる宿命にあることも」

『優勢種』――私ではなく勇吾が。

咄嗟に見開いた瞳に、勝ち誇ったような勇吾の表情が飛び込んでくる。そして腰の奥深い場所を勇吾の先端が強く刺激してきた。

そこは繰り返し突かれることで口を開け、男の精が吐き出されるのを待っている。

勇吾以外の男に抱かれたことはない。でも本能が『それ』を知っている。私の体は男を、勇吾を、『優勢種』を求めている――。

「嫌だ。嫌だ、嫌だ」

繰り返し拒んでも体は言うことをきかない。

「孝信……孝信っ」

勇吾が腰を大きく振った直後、再び熱い欲望が私の体の中に吐き出される。

「や、だ……やめ……て」

拒絶の言葉は夜の闇にむなしく溶けていき、私の中へ注がれた生命の源は、体の奥深くへと突き進んでいく。

嫌だと拒んでも、私の体は貪欲に、新たな生命が芽生えるその瞬間まで、男の精を求めてしまうのかもしれない。

「アツい……」

アツくてアツくてたまらない。

暑くて、そして途方もなく熱い。

夏を少し前にした、季節。

＊＊＊

東京の下町に、小高い丘を中心としたその「お屋敷」はあった。周囲は石塀に覆われていて、幼い頃は散歩していて迷子になったほど、とてつもない広さがある。

それもある意味当然だった。

当主である私の父、西國泰邦《やすくに》は、資本主義の父と称されている。若い頃に英国と仏蘭西《フランス》に留学して資本主義について学び、帰国してからは明治政府入りを果たし、退官後には数々の株式会社の立ち上げに関わり、財閥として成り上がった。

最初の門を潜《くぐ》り抜けると、鬱蒼《うっそう》と茂る木々の間にできた道をしばらく進む。途中、人工的な小川が流れる眼鏡橋を通る。さらにあえて曲がりくねった坂道を上がった先に、英国のカントリーハウスを模《も》して設計された木造二階建て、さらに地下室を擁《よう》した堂々とした洋館がその姿を現す。

「変わらないな、この家は」

車窓から眺めながら、私は思わず呟いた。

エントランスを中心に左右対称に広がったデザインから、丘の上にある屋敷は『白鳥邸《はくちょうてい》』の愛称で周囲の住民から呼ばれている。

敷地内には他に、主として父の居住する和館、使用人たちの居住する和館、撞球《どうきゅう》室、茶室といった建造物や、父自慢の英国式庭園がある。

すべての建物はいわゆるお雇い外国人として来日した著名な建築家によって設計されたが、中でも迎賓館《げいひんかん》としても使用された洋館で開催される晩餐会《ばんさんかい》は、海外からの来賓《らいひん》のみならず、皇族も訪れるほどの格式を誇っているらしい。

とはいえ、幼い頃からこの屋敷で育ってきた「末っ子」の私にとって、それは「自宅の一角」で開かれる宴会のひとつに過ぎなかった。

来賓客も同様だ。政府の要職に就《つ》いていようと、財閥の当主だろうと、「家に訪れる客」に変わりなかった。

もちろん幼い頃は、大人たちの集《つど》う場所へ参加することはできない。だから美しいドレスや着物に身を包んだ淑女や燕尾服姿の紳士たちの姿を遠目に見ているだけで、自分も彼らの一員になれたような気持ちになったものだ。

特に、七歳年上の兄、邦孝が父に連れられ、かなり早い時期に晩餐会デビューを果たしたときには、将来の自分の姿が重なったものだった。

車寄せの、色違いの大理石でデザインされた床の上に降り立つと、カツンという音が響く。子どもの頃から暮らしていた場所でも、数年離れていると、この屋敷の持つ独特な重厚感に威圧される。私が無意識に背筋を伸ばしネクタイの結び目を直してから、アーチ形の玄関を潜り濃い茶色の扉に手を掛けたとき、それは内側から開かれた。

「……ですから、どこへ行くのかと聞いているんです！」

甲高い声とともに出てきた外套《がいとう》を羽織った男が、私に気づいて足を止めた。

「……あ」

「兄上？」

数年顔を合わせていなくとも、兄の顔はすぐにわかる。父に似た面長な輪郭《りんかく》だが、目元は優しく常に戸惑ったような表情を見せている。以前と変わらない印象だが、随分頭に白い物が増えた。

そんな兄である邦孝は、私を見て驚きの表情を見せる。

「孝信くん……？」

「邦孝さん、待って……」

さらにその後ろから追いかけてきた女性が、私に気づいて顔を上げた。

「あら……」

皇族に繋がる高貴な家の出である兄の妻である瑠璃子《るりこ》だ。

「孝信さん、お久しぶりですこと。突然のご帰宅ですわね。お仕事はよろしいのかしら？」

兄との間に三人の子をもうけてなお、豊満な胸を露にした若い娘が着用するようなドレスを身に着けた瑠璃子は、それまでのふて腐れた表情から一転して艶やかな微笑みを浮かべる。

「義姉上、ご無沙汰しています。今日は父から呼び出されまして、休暇をもらって……」

差し出された手の甲に口づける私の横を、しばしその場に立っていた兄がすり抜けていく。

「邦孝さん。まだ話が……っ！」

「孝信くん。久しぶりなのに悪いが、僕は用があるのでこれで」

「え?」

引き止める間もなく、邦孝は被った帽子を手で押さえ、足早にうつむき加減で玄関から出て行ってしまう。

「兄上……」

何が起きているのかよくわからなかった。しかしとりあえず追いかけようと振り返るものの、邦孝は私が乗ってきた車を捕まえ、乗り込んでしまっていた。そして扉を閉めてから顔だけこちらに向けて軽く会釈《えしゃく》をすると、車を発進させてしまう。

「またあの女のところね」

開け放たれた扉の内側から車を見送る私の後ろで、兄嫁が大きなため息を吐く。

「あの女?」

思ったことが言葉になっていたらしい。

瑠璃子が私の疑問にあっさり答える。

「妾がいるの」

「愛人がいるんですか?」

「特に珍しいことではないでしょう。西國のお義父様だって、外に何人も愛人がいらっしゃるのは孝信さんもご存じのはず」

肩を竦めながら、瑠璃子は手にした外国製の美しい扇子《せんす》で顔を扇《あお》ぐ。兄を追いかけていたときの険しい表情が消え去り、妖艶《ようえん》な笑みを口元に湛える。

「今日もなんだかんだ用事があって出かけようとするところを無理やり連れて来たのですが……結局はこの有様ですわ」

「そうだったんですか」

半ばあきらめ開き直ったような口ぶりからすると、昨日今日に始まった関係ではないのだろう。

兄と瑠璃子の結婚は、二人が子どもの頃から決められていた政略結婚だ。父はさらなる安定を欲し、瑠璃子の実家は金銭的な援助を必要としていた。

親同士間では利害が一致していた。当然、当人たちの意志など無視だ。

それでも結婚当初は、それなりに仲睦まじい夫婦だったように記憶している。

結婚と同時に兄は独立し、この屋敷を出て三田《みた》にある屋敷へ転居した。何度か私も訪問しているが、この本邸ほどではないものの三田にも迎賓館の役割を兼ね備えた豪奢《ごうしゃ》な洋館と、生活空間である和館がある。

二人の間には三人の子どもがいるものの、すべて女子で、父の欲していた西國の跡取りとなる男子は生まれなかった。それゆえに父は二人に対し、さらなる子ども、それも息子を要求し続けていたという。

というのもこの頃から、西國の次期後継者となるはずの兄と父の間に、不協和音が生まれ始めていたからだ。それは今も継続中である。

カリスマ的存在である父は、己の後継者にも同じだけ、もしくはそれ以上のカリスマ性を求めた。

兄はそれなりに優秀な人間だったが、性格的にも穏やかで他人との競争を好まない性格は、いかんせん、カリスマ的存在の父には物足りなかったらしい。父の要求に応《こた》えようと兄なりに努力し足掻《あが》いていたが、いつしか二人の間には絶対的に分かり合えない亀裂のようなものが生じていたらしい。

常に比較され続け、実の父に駄目だしされ続けていれば、親子の間に亀裂が生じるのも当たり前の話だ。

もちろん、父から逃げたくなる気持ちがわからないわけではない。

かく言う私も、父の呪縛と執着から逃れる口実に、海軍に入ったのだ。反対されることを覚悟の上だったが、予想に反しあっさり許可されたときには正直拍子抜けした。

父にしてみれば、軍に入ろうが関係なかったのだろうとは思う。父がその気になれば、容易に私を退めさせることが可能なのだ。

「それよりも孝信さんこそ、今日はどうされたのかしら？　海軍に入られてからお忙しいと伺《うかが》っていますけれど。まさか、今夜の晩餐会に出席するために帰省されたの？」

「その、まさかです」

私は大袈裟《おおげさ》に肩を竦める。

「今日は父の誕生日を祝う会だと言うじゃありませんか。実の父親の生誕すら祝えないのであれば勘当すると脅されたので仕方なく」

「今日、お義父様のお誕生日を祝う会でしたの？」

瑠璃子は不思議そうに聞いてくる。

「違うんですか？」

少なくとも私はそう聞いている。だから確認すると、瑠璃子は口元を閉じた扇子で覆ってから意味ありげな笑みを浮かべた。

「お義父様がそうおっしゃるからにはそうなんでしょう。私は知りませんでしたが」

私の話に瑠璃子は機嫌を直したらしい。

「それはどういう……」

「それにしても、相変わらず整ったお顔をされていらっしゃいますわね」

瑠璃子は扇子を私の顔に向けてきた。

「お義母様のお姿はお写真と肖像画でしか拝見したことはありませんが、とてもお綺麗《きれい》でしたわ。そんな鹿鳴館《ろくめいかん》の華と謳《うた》われたお母様に、よく似てきたのではありませんか？」

「そうでしょうか？　私自身はよくわかりませんが」

幼い頃から容姿に対する美辞麗句《びじれいく》は聞き飽きている。

自意識過剰なわけではなく、私が人目を引く容姿をしているのは事実なのだろう。

子どもの頃からあらゆる人から言われ続けてきたら、さすがに自覚せざるを得ない。ここで謙《けん》遜《そん》してもかえって面倒なことになるだけだ。だから自分の容姿について何か言われたときは、あえて肯定も否定もしないことにした。

とにかくそんな私は、父に瓜二つの兄と違い、驚くほど父と似ておらず、母の生き写しと言われることが多い。

傍から美貌を称賛されても、当人にはコンプレックスに過ぎない。軍人になってからも、上官や同期問わず揶《や》揄《ゆ》の対象にされるのだから、面倒なことこの上ない。

「ご存じかしら。最近お義父様は、孝信さんをご自分の後継者にすると、プライベートの場で発言されているのを」

「……ご冗談を」

「冗談なものですか」

一言で私の言葉を却下する瑠璃子の目は笑っていない。

「今日の晩餐会、お義父様のお誕生日というのは単なる口実に過ぎませんわ。そしておそらく孝信さんが出席されるということで、年若い令嬢が数多く出席されることでしょう」

私もバカではない。瑠璃子の言葉の意味を理解する。

「要するに私は父に嵌《は》められたということでしょうか」

「さあ、どうでしょう。私はお義父様ではありませんからわかりませんわ」

「義姉上はそれで……」

「瑠璃子様。お嬢様がお探しでございます」

義姉の思惑を確認しようとしたとき、屋敷の使用人が呼びに来た。私とも顔馴染みのその男は、

「孝信様、いつお帰りに」と驚きの声を上げた。

「たった今、邦孝様と入れ違いでおいでになったところよ」

瑠璃子は使用人にそう告げると私を振り返る。

「お帰りになったばかりのところ、こんな場所でお引き止めしてごめんなさい。込み入った話は後ほどいたしましょう」

瑠璃子は優雅に会釈して見せる。

「後ほど」

愛想笑いを浮かべながら応じたものの、義姉の後ろ姿が見えなくなってから、静かに息を吐き出した。

資本主義の父と崇《あが》められ、若い頃に海外へ留学までしておきながら、父は洋館での暮らしが性に合わなかったらしい。そのため生活の大半を和館で過ごしていたが、私は違う。

洋館二階の南側に面した場所に位置する私の書斎と寝室は、いつ戻ってきてもよいように手入れされていた。

窓を開けると、夏を前にしたこの時期独特の空気が部屋に流れ込んでくる。

この部屋から見える景色は何も変わっていない。

政府の仕事で英国を周遊したのち、父が取り入れた英国式庭園は、今も変わらず庭師の手によって手入れされている。その景色を眺めてから、久しぶりに着たスーツの上着を脱ぎ捨てネクタイを襟から引き抜き、柔らかいスプリングの寝台に体を沈めた。

「疲れた」

家や庭は変わっていなくても、間違いなく時間は流れている。義姉と会話しただけでそのことを痛感させられた。

しかし思い出に浸る間もなく、部屋の扉がノックされる。

「どうぞ」

声を掛けると執事の福家《ふくいえ》が入ってきた。

「孝信様、お帰りなさいませ。本日の晩餐会でお召しになられる礼服をご用意して参りました」

「ああ、福家、ありがとう。久しぶりだな。息災《そくさい》か?」

起き上がって応じると福家は白くなった頭を深々と下げてきた。

「老体に鞭《むち》を打って何とか生き恥を晒《さら》しております」

「何を言っているのか。福家がいなければ、この屋敷はおろか父の生活は、何ひとつ成り立たないだろう」

いつの頃から福家が父のそばにいるのかよく知らない。だが私が物心ついたときにはもう、福家はこの家の執事だった。

「それこそ成澤が辞めてからは、秘書的な役割もお前がしているんだろう？」

「秘書などおこがましい。泰邦様もお年を召されまして、会社の経営をできるだけ早く後継者である孝信様に託されたいとお考えでございます」

福家は袋から取り出した礼服の皺《しわ》を伸ばしている。その横顔を私は静かに眺める。背筋はぴんと伸びているが、濃くなった皺が年齢を物語っている。

「後継者は兄上だ」

「泰邦様は、孝信様に期待されております」

私の言葉にかぶせるように福家は反論する。

「私は軍人だ」

「もちろん存じ上げております。ですが泰邦様が孝信様の軍へのご入隊を許可されましたのも、規律の厳しい生活をこなされること、さらにはそこで培《つちか》った人脈が、将来西國の当主になったとき、役に立つとお考えになったからに他なりません」

「……っ」

つい舌打ちする。

義姉に文句を言われていた兄の後ろ姿を見れば、福家の言わんとすることはわからないでもない。あの後ろ姿は、かつて私が憧《あこが》れていた兄のそれではない。

兄が結婚した前後ぐらいから、父の興味が私に向いたのは覚えている。幼い頃は父に褒められ父の関心を得られることが嬉しかった。

当時、父は私に対し、繰り返し己が『優勢種』であり、私も同じなのだと言っていた。『優勢種』という聞き慣れない単語。


何もかも、父の掌の上でのことだとわかっているつもりでいた。しかしそれを他人から言われると、腹が立ってしまう。

「成澤が泰邦様の下を離れてから、そして孝信様が家を出て軍に入られてから五年、西國を取り巻く環境は大きく変わりました。今はまだ泰邦様がご健在ですが、万が一のとき、より強固なカリスマ性を有した指導者が必要となります」

福家は何も言わずとも、先ほど私が脱ぎ捨てたスーツの上着を掛け、礼服用のシャツを用意する。

「邦孝様は真面目な方です。ですが泰邦様の求めるところには到底及びません。瑠璃子様との間に男子も生まれていないことに、泰邦様はひどく落胆されております」

「それは、これからまだ生まれる可能性が……」

「まだお二人の間にお子様が生まれる可能性があると、強くおっしゃれますか？」

「……っ」

おそらく福家は、エントランスでの瑠璃子と私のやり取りを見ていたのだろう。その上で聞いてきているのだ。

「泰邦様は人間不信がひどくなっておいでです。ですから一人でも多く、ご自分の味方となるべき存在を必要としています。そのために、一日も早く孝信様を後継者として公表し、いずれかのご令嬢とご結婚され跡継ぎをもうけてくださることを期待されています」

「私は父の操り人形じゃない」

咄嗟に私は、礼服の上着を着せようとしてきた福家の手を振り払ってしまう。

「……悪い」

「いえ」

福家は驚きに目を瞠《みは》るものの、何事もなかったように改めて私に上着を着せてくる。

父の人間不信は、西國の持つ求心力の衰《おとろ》えと反比例している。

時代の変化についていけなかったのも大きな理由だろう。若手の新しい幹部たちの意見を聞き入れず、対立する局面が増えてきた。

そして最終的に父は、間に入った秘書である成澤の助言にすら耳を貸さなくなったのだ。

結果、父のやり方に反対した一派は成澤を担ぎ上げ、対抗する会社に移ってしまったのだ。右腕だった成澤の裏切りは、父に多大なるダメージを与えることとなった。以降、父はさらに意固地になってしまったのだ。

今はほとんど現役を退き会長職に就いているものの、それでも立ち上げた会社や政府に対する影響力は絶大だ。己の力が及ぶうちに、己の権力を後継者に移行させたい気持ちはわからないでもない。

でも。

「ただいま申し上げたことは、あくまでこの福家の勝手な考えでございます。実際に泰邦様がどうお考えかは直接うかがってみてください。今日、久しぶりに孝信様が帰省されたことを、泰邦様は心からお喜びになっております」

「勘弁してくれ」

ただでさえ重かった気持ちが、さらに重石として私の心に伸し掛かってきた。私の言葉に福家はただ無言で頭を下げるだけだ。

ある程度、こうなることは覚悟していたつもりだ。だから軍に入ってから、何があろうと帰省しなかったのだ。にもかかわらず今回帰省したのにはわけがある。当然、父の誕生日を祝うためではない。

「それでは私はこれで……」

「福家」

ネクタイを留めて着替えが済むと、恭《うやうや》しく頭を下げて部屋を辞去しようとする福家を呼び止める。私は鏡の中の己の姿を見ながら、福家の表情にも注目する。

「今夜の晩餐会に、一人、個人的に招待した客がいる」

「それはお珍しいことで」

福家は驚きの声を上げる。晩餐会のために帰省しただけでなく、私が客を招待したことに、単純に喜んでいるようだ。

「いらしたら孝信様のところにご案内すればよろしいでしょうか」

「ああ、そうしてくれ」

「かしこまりました。お名前をお教えくださいますか？」

「成澤勇吾」

福家は上着の内ポケットから取り出した手帳に落としていた視線をゆっくり上げる。驚きの表情を見せる男を振り返って、私はその名前をもう一度告げる。

「聞こえなかったか？　成澤勇吾だ」

繰り返す名前に、福家は険しい表情を見せた。

＊＊＊

母を早くに亡くしたため大人ばかりに囲まれた日々を送っていた私にとって、七歳年上の兄である邦孝は最も近しい存在であるとともに、憧れの存在でもあった。

父には正妻である母以外にも愛人がいて子どもが生まれているものの、男子は兄と私の二人だけだ。それゆえ待望の男子として生まれた兄は、将来西國を継ぐべき立場として、父によってかなり早い時期から英才教育を施されていた。

兄に七年遅れて「末っ子」として生まれた私は、当初はかなり甘やかされて育っていたように思う。

母を早くに亡くし、多忙な父と顔を合わせる機会は限られていた。兄は全寮制の学校に通い、私の面倒をみてくれたのは専《もっぱ》ら使用人だ。

特に、父の部下である成澤の息子の勇吾は、私より一歳上と年が近かったこともあり、格好の遊び相手だった。

成澤は元々父の運転手を務めていた。しかしその実直な仕事ぶりから、気難しくワンマンな父の信頼を得て、私が十歳になる頃に秘書にまで出世し、敷地内の使用人住居に越してきたのだ。

当時の私は、振り返ってみるとにかく可愛くない子どもだった。わがまま三昧《ざんまい》に育てられ、大人たちですら自分に遜《へりくだ》る。思いどおりにいかないことなど何ひとつない状況に慣れきっていた。まさに小賢しい子どもで、使用人たちは手を焼いていた。

しかし勇吾は違った。

私と同じで母親を早くに亡くし、父親と祖母に育てられていた勇吾が屋敷にやってきた日は、その年の夏の中でも、特にうだるように暑い日だった。

半袖のシャツを着た勇吾は、背ばかり高いが瘦《や》せていた。

常に口をへの字に結んでいる。そのせいか、目がやけに印象的に私の目に飛び込んできた。まるで睨《にら》みつけるような瞳はギラギラ光っていて、視線を逸《そ》らせなかった。

「勇吾。西國のお坊ちゃんである孝信様だ。きちんとご挨拶《あいさつ》しなさい」

「成澤勇吾です」

促されるままにとりあえず名乗るもののそれだけだ。

「勇吾……」

「いいよ、成澤。緊張しているんだろう」

私はさらに息子に言葉を促そうとする成澤を遮って、自分から手を差し出した。

「僕は西國孝信だ。よろしく」

しかし勇吾はその手を無視して顔をふいと横に向けた。

「勇吾。何をしている。お坊ちゃんから握手をしようとしてくださっているのに」

成澤は無理矢理息子の手を出させようとするが、頑《かたく》なに拒んでいた。

「いいよ、成澤。握手など、無理にするものでもない」

「申し訳ありません」

成澤は恐縮した様子を見せるものの、私はまったく気にしていなかった。

握手という行為は、当時の私たちの年齢の子どもには、少し特別な行為に思えるものなのだろう。だからきっと勇吾は、握手の意味すらわかっていなかったのだろうと、私は勝手に解釈していた。

しかし、のちにこのとき勇吾が握手を拒んだ理由は判明した。

勇吾は父親から私を紹介される前は、少女、それも人形のように儚《はかな》く美しい少女だと思ったらしい。しかし「お坊ちゃん」と言われたことで混乱した。男だと言われても、当時の、母親そっくりの私のことが、どうしても男だと思えなかったのだという。

そのせいか、その後もしばらくの間は、私が話しかけても、勇吾は逃げることが多かった。

だが私が着替えている場面に出くわしたことで、夢から醒《さ》めたらしい。同時に、男である私から逃げ回っていたという事実を恥じたようだ。

以降、勇吾の私に対する態度は一変した。己を恥じるだけでなく、その原因を作った私に対して怒りを覚えたらしい。さらに、男である私には、手加減しないと決めた。

それこそ八つ当たりに過ぎないのだが、勇吾は一歳上なだけにもかかわらず、私の言うわがままや命令には従わなかった。

「なんでお前は私の言うことをきかないんだ」

今度は私が苛立《いらだ》つ番だった。あまりに不遜《ふそん》な態度に頭にきた私が尋ねると、勇吾はあっさり言い放った。

「俺の父親は元々貴方《あなた》の父親の運転手だったが、俺は貴方の使用人じゃない。貴方の父親からは、話し相手になってくれと言われた。だから命令されても従う必要はないし、貴方がすることに対しては、年長者の立場から、良いことは良い、悪いことは悪いとはっきり言う」

正直、私は面喰った。

父は不在がちで兄は寮生活を送っている状況において、私は私の世界の中心に存在していた。誰もが私に遜り傅《かしず》く。私の言うことに誰もが従っていた。私の命令に背く者など誰一人いなかった。

それなのに、よりにもよって父親の運転手だった男の息子という他人から、それも一歳しか違わない相手の言動が、私はどうにも我慢ならなかったのだ。

だから勇吾と何度も言い合いをした。しかしそのたび、私が負けた。とにかく頭の回転が速く弁が立つ上に、腕っぷしも強い。とはいえ、喧嘩《けんか》になりかけても、勇吾は巧みに避ける。

要するに私はまったく勇吾に歯が立たなかった。

そんな風に反発し、張り合い続けたものの、半年を過ぎる頃には、内心勇吾という存在を認めざるを得なくなっていた。

これまで真っ向から私に向き合ってくれた人間はいなかったし、真っ向から私がぶつかった相手もいなかった。

西國のお坊ちゃまとしてでなく、ただの孝信として勇吾は接してくれる。私はそのことに驚きを覚えながら、喜びも感じていたのだ。

しかし、それでも何かあれば怒られるのは勇吾だった。大体の場合において、何かをしでかすのは私だ。勇吾に引き止められてもそれを押し切った結果、「何か」が起きる。そのたび叱責されながら、勇吾は言い訳しないだけでなく、私が悪いのだと告げ口することもなかった。言ったところで、結果は同じだっただろうが、私はそのたびに苛立ちを覚えた。

悪いのは私だ。それなのに、どうして勇吾が怒られねばならないのか。どうして勇吾は本当のことを言わないのか、と。

だからといって、私には自首する勇気もない。

結果、その苛立ちが怒りに変わり、悉《ことごと》く勇吾に反抗するようになってしまった。

そして私が十二歳のとき――忍び込んだ蔵で見つけた花火がまだ使えるか、裏庭で試してみることにした。

もちろんこのときも勇吾は反対した。それを私が押し切った。

「万が一のことがあったら危ないので、水を用意するべきです。あと、誰か一緒にいてもらったほうが……」

何をどう説得しても言うことをきかない私に呆《あき》れつつ、勇吾は放り出すことは絶対にしない。

夕食のあと、屋敷を抜け出し敷地内にある人目のつかない場所を探し当てた。

私は生まれたときからここに住んでいたが、広大な敷地内のすべては知らない。特に手入れされた庭園の先は、鬱蒼とした木々が茂り日当たりも悪くなる。

幼い頃に探検と称して中へ進みかけ、結局迷って庭師に迎えに来てもらった思い出があった。

でも今なら、かつ勇吾と一緒なら大丈夫だと、強気になれるから不思議だった。

「うるさいな。そんなに怖いなら、勇吾は屋敷に帰ればいい。僕は一人でやる」

風が強いとか、背の高い雑草が茂っているとか、それによって何が危険か、あのときの私は何もわかっていなかった。

「……一本だけです」

もちろん、私が帰ればいいと言っても、勇吾が実際に一人で帰ることはないとわかっていた。

元々、それほど花火に拘《こだわ》っていたわけではない。勇吾が反対するから余計に、何がなんでも試したくなったのもある。

「一本だな」

私が手にしたのは、一本とはいえ、手持ちの花火ではなかった。打ち上げ式の太さのあるものだ。

「それは駄目です」

当然、勇吾は止めてきた。

「一本ならいいと言ったのは勇吾じゃないか」

勇吾が止めるのも聞かず火を近づけるものの、すぐには花火に移らなかった。

「あれ？　どうして点《つ》かないんだろう」

不用意に点火口に顔を近づけようとした。

「孝信様！」

勇吾が叫んで私の手から花火を奪ったあと――何があったかよく覚えていない。

泣いて叫んで助けを求めて。

一歩間違えていたら、屋敷だけでは済まない大火事になっていたところだ。大騒ぎとなったものの、迅速な対処の甲斐《かい》あって、敷地内の一部が焼けただけで済んだ。

さらに私は髪を少し焼いただけで済んだものの、勇吾は右の肩に大きな火傷を負った。

こんな状態でも父が帰宅することはなく、すべては家のことを任されていた執事の福家が対応したのである。数日後、私が勇吾の病院に見舞いに行くときにも、つき添ってきたのは福家だった。

この間、誰一人として私の罪を咎《とが》めなかった。さすがに火事が起きたことで警察も来たが、私に事情を聞くことはなく、不審者による放火ということで話がついていた。

自分が悪いのがわかっていても、私は自分からは何も言えなかった。

でも病院へ見舞いに行けば、さすがに怒られると思っていた。成澤に責められる覚悟をしていたのだ。

だから病院に着いて、私の顔を見るなり走り寄ってくる成澤の姿を目にしたとき、少しだけほっとした。やっと、己の秘密が暴かれるのだと、いつばれるかとビクビクしながら過ごすのも終わりだと、信じて疑わなかった。

それなのに。

「申し訳ありません」

成澤は私の前で土下座した。

「息子が一緒にいたにもかかわらず、孝信様を危ない目に遭《あ》わせて申し訳ありませんでした。お怪我がなくて本当に良かったです。泰邦様にもお話をしましたが、孝信様のおかげで何もお咎めなしとのことで、本当にありがとうございます」

成澤は私に対して謝り、感謝の言葉を述べる。

自分の息子が重傷を負っているのに。悪いのは私なのに。

「勇吾も孝信様にお詫びしたいと申し上げておりましたので、もしよければお会いいただけますか？」

何が起きているのかわからないまま、勇吾の眠る病室へ入る。すると寝台に横たわっていた勇吾は、体を起き上がらせた。

「孝信様。お体は大丈夫ですか」

勇吾は肩から胸元にかけて白い包帯で覆われていた。体を動かすだけで痛みが走るのだろう。表情を微かに歪めつつ、必死に堪えているのがわかる。

「僕がいたのに、危ない目に遭わせてしまい申し訳ありませんでした」

「痛くないのか」

情けなくも、尋ねる声が震えた。

「大したことはありません。ご心配くださいまして、ありがとうございます」

肩だけでなく、勇吾の頬や腕にも傷があった。一歩間違えれば死んでいてもおかしくない。そんな状態で勇吾は成澤とともに私に何度も謝る。

そんな姿を見ているのが辛くて悲しくて情けなかった。

それ以上に、誰が悪いのか、己の罪を告げられない事実が情けなかった。

いや、違う。

みんな、知っているのだ。

誰が悪いのか。何があったのか。

勇吾は私を庇っているのではない。勇吾の立場では、私の罪を被るのが当然のことなのだ。

改めて私は己の立場と「西國の家」に生まれた人間の宿命を思い知らされた。

人に傅かれ、遜られることの代償も理解した。

気づけば私は泣いていた。その涙を見た勇吾が慌てた。

「泣かないでください。この先、孝信様が泣かないで済むように、絶対に僕が守りますから」

勇吾の手を取って私は頷《うなず》いた。

そして無言で私も誓ったのだ。二度と、勇吾をこんな目に遭わせてはいけない。

勇吾は常に私のためを思って助言してくれている。そんな人間を、これ以上愚かな行動の犠牲にしてはならない。

退院した勇吾は、そんな私の変化に気づいたようだった。だから勇吾は以前ほど口うるさく言うことはなくなった。

結果、お互いにちょうどいい距離感が生まれ、私は勇吾に対してある種の信頼を覚えるようになった。

父と兄以外の人間に対し、そんな気持ちを抱いたのは当然初めてだ。

たかが一歳年上で、よりにもよって父の部下の息子である。正直に言えば、屈辱的な感情も同時に芽生えていた。しかしそれ以上に、自分の立場を自覚させてくれただけでなく人の命の大切さも痛感させてくれたことに、感謝の念を覚えていた。

勇吾を信頼したことによって、私は初めて、父と兄以外の存在を「自分と同じ人間」なのだと認識したのかもしれない。

そんな勇吾が兄に会ったのは、数える程度だろう。というのも、勇吾がうちに来たときと、兄が寮に入ったのはほぼ同じ時期だったのだ。

まともに会話を交わした回数についていえば、おそらく一度しかない。花火の事件の翌年の夏のことだ。

その唯一の機会も、どういう流れでそういうことになったのかははっきり覚えていない。何しろ私自身、兄と一緒に過ごした時間は少ないからだ。

父は兄を西國の後継者として英才教育を施し、兄もその期待に応えようと必死だった。

だがいつからか、二人の間には不協和音が生まれ始めていたらしい。

父は生まれながらの天才であるがゆえに、努力の末にやっとのことで父の求める水準に達する兄に、物足りなさを覚えていた。

そしてそこに辿り着いても、もっと上を要求される。

兄は優秀な人間だ。

だが父とは違う。

当事者のみならず、周囲の人間にもその違いは少しずつ明らかになっていた。

それこそ、幼い頃はただ闇雲《やみくも》に兄に憧れていた私ですら、父と兄の違いに気づいていた。

だからといって、私の兄への憧憬《しょうけい》が薄れたわけではもちろんない。だが父の兄に対する興味が薄れるのに反比例するように、私へ関心を払うようになったことには気づいていた。ただ単純に、それまで「ないもの」とされていた自分が、父の中で「息子」として認識された事実が嬉しかったのだ。兄を差し置いて、西國の後継者になりたいと思っていたわけではない。

とにかく、そんな風に父、兄、そして私の親子関係が変化しつつあるときに、兄が帰省してきた。

いつもなら、帰省しても父に連れられ様々な晩餐会に顔を出すため、屋敷にはほとんど滞在しない。だがその日は珍しく、夕食の時間を一緒に過ごせたのだ。

瑠璃子さんとの結婚が本決まりになったこともあり、私は浮かれて兄を質問攻めにした。

結婚式はどうするのか、新居はどこにするのか、など。

しかし兄の答えはすべて同じだ。

「僕は知らない」

淡々とした、というよりは冷ややかな表情と口調に、さすがに違和感を覚えた。

使用人たちがいる前では話しづらいのかもしれないと、シガールームへ場所を変えて話を続けることになった。

「しょせんは政略結婚だ」

食事のときから、兄はブランデーを飲んでいた。少し酔っていたのかもしれない。割り切ったというよりは、かなり突き放した物言いが気になってしまった。

瑠璃子さんとの結婚は、親同士が決めたものだということは、さすがに私もわかっていた。しかし瑠璃子さんはとても綺麗な人だったし、父も気に入っている。そんな人と結婚するのであれば、幸福が用意されているのではないか。

それに何より。

「これで兄上は、西國の次期当主として、さらに近づきましたね」

実力主義の父は、息子だからといってそれで己の後継者と認めていない。

本気で私はこう思っていた。兄も喜んでいるものと信じて疑っていなかった。しかし兄は違ったらしい。

「孝信。君は本気でそう思っているのか?」

「もちろんです」

私の返事に兄は首を傾げた。

「どうかな。そろそろ晩餐会にデビューするんだろう? 最近、君のほうが父さんの興味を引いているようだよ」

「そうですか？」

内心、微かな引っかかりを覚えつつも曖昧《あいまい》に濁すと、「そうだよ」と兄は言った。そのタイミングで、勇吾が熱い紅茶を持ってシガールームに入ってきた。

「兄上。彼は父上の秘書を務めている成澤の息子で勇吾です。私の世話係をしてくれています」

私が紹介をすると、勇吾は姿勢を正して深々と兄に対して頭を下げる。

「成澤勇吾です。邦孝様には……」

「ああ、君が成澤の。よろしく。西國邦孝だ」

兄は勇吾の自己紹介を途中で遮り、「それよりも」と切り出してくる。

「君らは、郷《さと》を知っているか」

「郷？」

私は勇吾と顔を見合わせた。最初は「さと」が「郷」だということもわからなかった。漢字でどう書くか教えてもらってもなんのことかわからない。

「田舎、という意味でしょうか」

勇吾が尋ねると兄は首を横に振った。

「遊郭《ゆうかく》のような場所だ。だが普通の遊郭とは違う。そこにいるのは特殊な人間だ」

「特殊な人間？」

遊郭がどんな場所かはさすがに知っている。でもどうしてそんな話を突然始めるのか。

(兄上は、一体何を言いたいんだろう？)

「それはどういう意味ですか？」

困惑する私とは違い、勇吾は冷静に兄に確認する。

「父さんが、自分のことを『優勢種』だと言っているのを聞いたことはあるか？」

「はい。父上は私も同じ『優勢種』だとおっしゃっていました」

即答する。

『優勢種』という単語は聞き慣れないが、おそらく父のような優秀かつ絶対的な能力を持つ、トップに立つべき存在のことなのだろうと解釈していた。

「孝信も？」

兄は私の返答に眉間に皺を寄せる。

「おそらく、父上のようになれと言われたんだろうと思います」

「……そうか」

兄はしばし私の顔を眺め、目元を手で覆いゆっくり息を吐き出す。

「兄上？」

どうしたのかと肩に手を伸ばそうとするが、兄はあからさまに身を退いて避けた。

「あの……」

兄は戸惑った表情を浮かべて「すまない」と謝ってくる。

「虫が触ったのかと思った」

「いえ」

かろうじて私は応じる。でも兄の態度に密かにショックを覚えた。兄は今、間違いなく私に触られるのを拒んだのだ。

それを証明するかのように、前髪をかき上げながら平静を装った兄は、少し私から離れるように椅子を移動させてから「話を戻すが」と言う。

「『優勢種』というのは、ただ優秀な人間のことを指しているわけじゃない。この世に存在する人間のひとつの分類だ」

「分類？」

「その分類によると、この世の人々は三つに分類されるそうだ。大半の人々が属する『普通』、他に『優勢種』と、さらに『無明』がいる」

「『無明』？」

初めて聞いた単語を口にした瞬間、私の心臓が大きく鳴った。

「仏教用語ですね」

私の横で勇吾が発言すると、兄は少し驚いたようだった。

「よく知っているな。君の言うように『無明』とは仏教用語で『迷い』を意味する。おそらく元々はその人間を指していたわけではなく、曖昧な存在をその性質上、形容していただけに過ぎないのだろうと、山城《やましろ》は言っていた」

山城というのは、西國の主治医の名前だ。どうして山城がそんな話をしたのか。うるさい鼓動には気づかないふりをして、私は兄に確認する。

「『無明』とは、具体的にはどんな性質を形容していたのですか」

「性別だ」

「性別？」

話が抽象的すぎて意味がわからない。

「性別に対して迷うって……」

「もしかして、男であり女であり、ということでしょうか？」

「君は理解が早いな」

ついていくのが精いっぱいの私と違い、勇吾は即座に兄に質問をする。

「だが男であり女である、というわけではないらしい。山城の話によれば、外見上の変化はないらしい」

「外見上の変化はない、ということは、中身が違うということですか？」

「そうだ。男であり女である『無明』は、男同士でも、女同士でも、子を為すことが可能な、第三の性別ともいうべき存在だ」

兄が断言した刹那、私の全身に電流ような衝撃が走り抜けていく。

「半陰陽ではなく、男の外見をしている『無明』には、女性のような生殖器が体内にある、ということですか？」

勇吾の具体的な説明に、さらに私は全身を震わせる。

「すごいと思わないか？　男の外見をした『無明』は、子どもを身籠ることが可能なだけでなく、女を妊娠させる機能も持ち合わせているんだ。もちろん、女の『無明』にも同じことが言える」

どこか揶揄を孕《はら》む言い方に、私の心臓がぎゅっと締めつけられるように苦しくなった。

さらに呼吸まで荒くなる。

「外見上、大きな変化がないのであれば、その者が『無明』だということはどうやって判断するのですか？　交わってみて子どもができたら無明だということでしょうか？」

「勇吾！」

生々しく具体的な疑問を投げかける勇吾を、私は横から制止する。

「もうやめよう。そんなこと知ってどうする？」

「こんなに興味深い話、聞かないなんて勿体《もったい》ないじゃないですか。邦孝様は、決してお伽噺《とぎばなし》をされているわけではないんですよね。『無明』は実際に存在するんですよね？」

「ああ」

興奮気味の勇吾の言葉を兄は肯定する。

「兄上は……『無明』に会ったことがあるんですか？」

「一人だけ。だがあのときは『無明』だとはわかっていなかった。山城の話を聞いておそらくそうだったのだとわかった」

「先ほど、外見上の違いはないとおっしゃっていました。でも、その者が『無明』だとわかる何かがあったんですか？」

「『無明』には発情期が訪れる。それも定期的に、年に何度も」

「まるで動物だ」

勇吾の言葉が胸に突き刺さる。

「まさに動物だ。発情期には、独特の匂いを発して『優勢種』を誘うらしい」

兄はゆっくり視線を私に向けてきた。それまでとは異なる鼓動が生まれる。咄嗟に私は兄から視線を逸らす。これ以上、話を聞きたくない。発情期という単語を聞いた瞬間、なぜだか知らないが全身から汗が噴き出してくる。

「『優勢種』だけをどうやって誘うんですか？」

しかし勇吾の興味は止まらない。

「花が甘い蜜で虫を誘うように、『無明』は『優勢種』に作用する濃厚な匂いを放つそうだ。だがおそらく『郷』があることを考えると、その匂いに誘われるのは『優勢種』だけに限らないのかもしれない」

そこでようやく、兄が最初に口にした『郷』が出てきた。

「『郷』にいるのは『無明』なんですか?」

兄の言葉にやっとのことで私は反応する。口の中は乾いていて声も掠れていた。

「発情期が訪れた『無明』は、性交しないではいられない。子を為すため、遺伝子を残すため、『無明』たちは発情期の間じゅうずっと性交を行う」

瞬間、私の体の奥で何かが疼いた。きゅっと締めつけられるような、軋《きし》むような。これまで感じたことのない衝撃に全身がガクガク震えてきた。

どうしてかわからない。

曖昧な上にどこか非現実的に思えていた『無明』という存在が、突然に現実的なものに感じられてしまった。

男の姿で生まれながら女のように子どもを身籠る体を持つ。発情期が訪れると、相手構わず性交するという——頭がおかしくなりそうだ。

私は無意識に両手で口を覆う。

「つまり、妊娠することで『無明』の発情期はおさまるんですか?」

「そこまでは知らない」

「え」

勇吾の驚きの声に兄は肩を竦《すく》めた。

「そんな目で見るな。僕は医者じゃない。医者である山城とて『無明』のすべてを理解しているわけではない」

「どうしてですか」

「君らが初めて知ったように、『無明』はひた隠しにされた存在だからだが……孝信、どうした？」

兄の指摘で、初めて勇吾は私の異変に気づいた。

「孝信様。お顔が真っ青です」

「大丈夫、だ……」

咄嗟に平静を装おうとした。しかし目の前が不意に銀色に変化し、頭がふらついた。強烈な眩暈にそのまま倒れるかと思った瞬間、隣にいた勇吾が肩を支えてくれる。

「危ない……っ」

しかし触れた掌から伝わる温もりを感じた途端、全身が総毛立ち、頭で考えるよりも先に体が反応して、勇吾の手から強引に逃れてしまう。

「孝信様？」

先ほど、私が兄に向けていただろう驚きの目を、今度は勇吾が私に向けている。

「兄上、すみません……」

「無理をすることはない。女を知らないだろう孝信にはまだ刺激が強かったかな」

どこか嘲笑するような兄の言葉で、私の顔がかっと熱くなる。

「この暑さだ。体調をおかしくしても致し方ない。部屋に戻って休むといい。勇吾。孝信を部屋へ連れていってやってくれるか？」

「もちろんです」

兄の指示に従い、勇吾は改めて私の腕を自分の肩へ回させる。

「兄上……」

「ああ、そうだ。最後にひとつつけ加えておく」

私の呼びかけに振り返ることなく兄は話し出す。

「『無明』と『優勢種』は、背中合わせの存在だ。『無明』は『優勢種』の子種を欲し、『優勢種』は『無明』に惹かれる。いずれも特異な存在で稀少な存在であるのと同時に、外見的に非常に恵まれた容姿をしているそうだ。特に『無明』は、子どもの頃は、男女どちらにでも思えるような容姿のことも多いと聞く」

勇吾の視線が私に向けられた瞬間、こめかみ辺りが疼く。

「つまり『優勢種』だと言われている孝信は、十分『無明』たる要素も備えているということだ」

向けられた背中が、私を完全に拒絶していた。

「邦孝様！」

勇吾に名前を呼ばれたことで、兄はようやくこちらを振り返る。そして自分を凝視する私の視線に気づいてふっと——笑う。満足気に。少なくとも私の目にはそう見えた。

＊＊＊

大広間は、美しいドレスを身に着けた婦人と、礼装姿の紳士たちで賑わっていた。

最も盛大であり豪華な晩餐会と称される西國家の晩餐会に招待されることは、政財界においてある種の栄誉となっているらしい。

壁の花よろしくバルコニー脇でワインで喉を潤しながら、私は冷めた視線を広間へ向ける。

幼い頃の私にとって晩餐会は、自宅の一角で行われる宴会のひとつに過ぎなかった。それでも子どもには出席が許されない、特別な場所だったため、初めて出席できたときには誇らしさすら覚えたものだった。

しかしそんな風に感じたのも最初の数回だけだ。

同年代の子どもなどほとんど参加することはなく、ろくに名前も知らない大人たちの美辞麗句に、愛想笑いを浮かべ謝辞を述べ続けねばならない。さらには、相手関係なしにダンスをせねばならないのは、苦痛以外の何物でもなかった。

常に好奇の視線に晒されるだけでなく、値踏みされる。特に私が晩餐会にデビューしたのは兄の結婚のタイミングだったこともあり、自分の娘を西國に嫁がせたい大人たちが、私におべっかを使い続けるのである。

でもそれも、この家にいた十六歳までのことだった。

あれから五年。多少なりとも変化はあったかと思っていたが、判で押したようにまったく同じ光景が目の前には繰り広げられている。

やがて、広間の中央に一本の道ができあがった。そこに現れたのは、西國家当主である西國泰邦、つまり私の父だ。

(太ったな)

最初の印象はこれだ。次に老いたと感じた。

恰幅《かっぷく》のいい腹を揺らしながら、父は私に気づくと、大袈裟に手を振って「孝信」と大声で名前を呼んだ。

咄嗟に私は眉間に皺を寄せるものの、その瞬間、広間にいた客の視線が一気に私に向けられる。この状況では笑顔を見せる以外にない。

「改めて紹介しましょう。わしの大切な息子である孝信だ。先日、海軍兵学校を卒業し実習を経たことで少尉に任官され海軍省への勤務が決まった。この五年あまり、皆の前から姿を消していた。が、またこれから頻繁《ひんぱん》に顔を見せることになると思う。わしともども、よろしく頼む」

父が私の肩をポンポンと叩くと、自然と拍手が湧き上がる。

（やられた）

内心、父の思惑に乗ってしまったことに苛立ちつつ、この場でわざわざ父と喧嘩するわけにもいかない。

子どもの頃から培ってきた完璧な作り笑いを浮かべ、挨拶に来る人々に応じていく。父が私の隣にいたのは、その挨拶の一瞬だけだ。

久しぶりに会っても、懐かしむでもない。とりあえずこの挨拶で、父の今日の使命は果たされたのだろう。

私が来賓との挨拶を終える頃には、もうその姿は広間にはない。

（別に、何を望んでいたわけでもないが）

それでも五年ぶりなのだ。何か一言あっても良かったのではないか。

（駄目だ。とりあえず風に当たってこよう）

つき合いで飲んでいた酒のせいで酔った体を冷やすべく、バルコニーへ出る。しかし、夏の夜の温い風が頬を撫でるだけだった。

「言ったとおりだったでしょう？」

柵に腰かけて星空を眺めていると、背後から瑠璃子が声を掛けてきた。扇子で優雅に顔を扇ぎながら、足元はかなりふらついている。

薄暗がりの中でも、頬が赤いのはわかった。手にはワイングラスが握られている。

「大丈夫ですか。かなりご機嫌なようですが」

手を差し伸べると、細い指を巻きつけてくる。

「これ、お義父様が仏蘭西大使からプレゼントされた極上のワインなの。味見されてみて」

瑠璃子はわざと顔を寄せ、息を吹きかけてくる。冗談かもしれないが、誘っているようにしか思えない。そんな態度に、軽い嫌悪感を覚える。

「私はあまり酒は……」

「何をおっしゃっているの？　軍に入られて、お酒を飲まないでいられないでしょう？　それとも、私のお酒は飲めないということ？」

瑠璃子は嫌味たっぷりに絡んでくる。苦手な相手でも強く出られないのは、兄の妻だからだ。

「そんなことは言っていません」

「だったら飲んで」

仕方なしにグラスを受け取る。私は元々あまり酒に強くない。義姉の言うように、軍に入ってから酒を飲む機会は増えた。最初の頃はそのたびに倒れて周囲に迷惑をかけていた。そのため最近は、無理に飲まされることはなくなった。

(グラス一杯ならなんとかなるか)

すでにほろ酔いの状況でさらに飲んだら、絶対に完全に酔っぱらうだろう。しかしここで断るわけにはいかず、覚悟を決めて一気に飲んだ。

「美味《おい》しいでしょう?」

すぐに確認されるが、正直味などわかったものではない。

「美味しいです」

「でしょう? これ、お義父様が仏蘭西大使から……」

「義姉上。お部屋に戻られたらいかがですか?」

たった今した話を再び始めようとする。おそらく相当酔っているのだ。

「嫌よ。今夜は思いきり飲んで酔うつもりなんだから」

「もう十分飲まれているでしょう?」

ほんの少し呆《あき》れたように言うと、瑠璃子はじっと私を見上げてくる。

まさに義姉は豊満な胸の持ち主だ。その胸を強調するドレスで体を寄せられ、柔らかい膨《ふく》らみの感触が、腕に直接伝わってくる。

不意に、義姉相手にもかかわらず、胸がドキッとする。

(なんだ、今のは……)

瑠璃子は女性だ。でも子どもの頃から知っている相手だ。そんな相手にこれまで欲情したことなど、ただの一度もない。

しかし今の疼きは何かがおかしい。

「お部屋まで送ります。行きましょう」

とにかく義姉を急いで部屋へ送って、一度自室に戻ろう。

「しょうがないわね。孝信さんがそう言うなら」

大人しく従う義姉の肩を抱えるようにして広間から出ると、福家の姿が見えた。

「少しだけ待っていてください」

私は義姉を椅子に座らせてから福家のもとへ向かう。

「瑠璃子様はどうされましたか？」

「酒に酔われたようだ」

「それは大変ですね。お水をお持ちしましょうか？」

「いや、大丈夫だろう。それよりも、私の客はまだか？」

小声での確認に対して、福家は眉間に皺を寄せて首を左右に振る。

「本当か？　まさか私の知らない間に、追い返したりしていないだろうな？」

「滅相《めっそう》もございません」

福家は慌てて否定する。

「ですが、旦那様と顔を合わせたらどうされるつもりだったんですか？」

「それが見たくて招待したんだ」

私の言葉に福家は目を見開くものの、すぐに小さく咳払いする。

「勇吾も私と同じ軍にいることはお前も知っているだろう？」

「それは……もちろんです。が」

「とにかく、義姉上を部屋まで送り届けたら、私も自室に戻る。だからその間に成澤が来たら、宴会場ではなく、私の部屋へ直接案内するように」

成澤という名前に敏感に反応しつつも、私の命令には従わざるを得ない。そして絶対に、父に知られることなく、勇吾を私の部屋に案内してくれるだろう。

「かしこまりました」

皆酒が入っているし、数年ぶりに父の顔も立てた。私がいなくても問題はないだろう。だから瑠璃子を部屋まで送り届けたら、そのまま部屋へ戻ればいい。


「福家とは何を話していたの？」

三田に家のある瑠璃子は、この屋敷に来たときには、二階奥に位置する客間を自室のように使っているらしい。中に入ると、瑠璃子の私物や衣装が置かれていた。

もしかしたら瑠璃子は三田の家ではなく、この屋敷で過ごす時間が長いのかもしれない。

屋敷に帰宅した直後の兄とのやり取りを思い出す。

「義姉上には関係のないことです」

「秘密なの？」

「そういうわけではありません。ただ本当に個人的な話なので……」

部屋の中央に置かれたソファに義姉を座らせる。寝台の準備はされていて、テーブルの上に水の入ったポットが置かれていた。

「これで私は失礼いたします。何かあれば使用人に伝えておきますので……」

踵《きびす》を返そうとすると声を掛けられる。

「待って。少し話し相手になってくれない？」

「いえ、もう遅いので、私はこれで……」

実のところ、瑠璃子を連れて階段を上がり部屋まで来る間に、急激に私も酔いが回って来ていた。さすがに義姉の前で醜態《しゅうたい》を晒すわけにはいかない。気力が保っている間に、自室に戻りたかった。

しかしそんな私の腕に細い義姉の手が伸びた。手袋を外し直接触れてくる掌の感触が、肌から伝わってくる。

「義姉上？」

「だったら、お願い。背中、手が届かないの。このままじゃ気持ち悪くて……下ろしてくれない？」

ソファの肘置きに半身を預けた状態で、瑠璃子は甘えるように言った。

「誰か使用人を呼んで参ります。少しお待ちくださ……」

「駄目……気持ち悪いの……」

上目遣いの視線に戸惑いを覚えながらも、兄の妻である瑠璃子を拒み切れない。

兄と結婚した瑠璃子との接点は実に少ない。結婚と同時に独立し三田の屋敷で二人は新生活を始めている。兄は結婚後も何かと本邸に顔を出しているが、義姉は立て続けに子を生んだこともあり、晩餐会への出席も結婚後数年はなかった。

そして義姉が晩餐会に復帰する頃、私は兵学校に入った。結果、おそらくこれまでに会話をした回数は、両手で足りる程度に過ぎない。

そんなわずかな接点にもかかわらず、私はこの義姉が苦手だった。

兄の結婚相手として選んだのは父だ。人柄など関係なく、家柄と格式などという条件の中から、西國にとって「価値のある」相手として選ばれた。

この時代、特に上流階級の人間にとって、結婚はある意味「契約」だということは理解している。子どもの頃からその教えを叩き込まれている兄が父の選択を拒むわけはなく、瑠璃子もまた兄と同じ教育を受けている女性だった。つまり西國の次期後継者の妻である自分に悦《よろこ》びを覚え、その自分に酔っていた。

だからこそ、兄との間に息子が生まれていない事実に苛立ちを覚えているのは理解できる。さらには父が己の後継者として、兄ではなく私を示唆《しさ》している事実に我慢ならないのもわかる。私自身がどう思っているか、義姉には関係ないのだ。

とにかく、これ以上義姉の神経を逆撫でしたくない。

だから摑まれた腕をそのままにソファに一歩近寄った途端、どこにそんな力を隠していたのかと思うほどの力で引っ張られた。

何が起きたのか、その瞬間、私は理解できなかった。

気づけば義姉と立場が逆転し、ソファに仰向けに横たえられていた。そんな私の腰の上に義姉は跨《またが》っている。

「何をされて……」

事態が把握できないままに尋ねる私を見て義姉は艶やかに微笑んだ。

「ねえ、体、だるくない？」

「義姉上……？」

「さっきのワイン。少しだけ細工をさせてもらったの」

「細工って……」

義姉が何を言っているかまったくわからなかった。とにかくこの状態から逃れるべくなんとか体勢を変えようと試みる。だがなぜだかまったく体に力が入らない。

「力が入らないでしょう？」

妖艶《ようえん》な微笑みを浮かべた義姉の細い指先が、私のシャツに伸びてきて釦を外していく。

「義姉上……」

抵抗した――つもりだ。だが腕が思うように動かない。おまけに突然視界が曖昧になってきた。

「ようやく効いてきたようね。少しの間、眠くなるだけ。大丈夫よ。眠っている間に全部終わるから」

「薬、を……」

強烈な眠気に舌が動かない。

「心配いらないわ。後遺症もほとんどないと言っていたから。上流社会で流行《はや》っているのよ。この薬を飲んで愛し合うと最高に気持ちいいそうよ」

ベルトが外され、金属音が響く。

「何を、する、つもり、です……」

「どうしても西國の血を持つ男の子がほしいの」

頬を撫でる瑠璃子の指先の冷ややかさに、全身が総毛立つ。

「義姉上？」

白濁し酩酊《めいてい》しかけた意識がその一瞬、明白になった。

「このままだと、西國の次期後継者は貴方になってしまう。今日のお義父様のお顔を見ていて確信したわ。でもそれなら私はなんのために西國に嫁いできたの？　好きでもない男の子どもを三人も生んだわ。でもすべて女であるがために西國の家から出されてしまう。それでも娘たちは新しい家があるわ。でも私はどうなるの？　形ばかりの夫は外に愛人がいる。でも私はそんなことを許されない。なんの自由もなく、西國の家すら自分のものにならない。ただ家に雁字搦《がんじがら》めにされて、お飾りで一生を終わらせるなんて冗談じゃないわ」

微笑みながら私の体に手を伸ばしてくる義姉は、まるで獲物を仕留めた女王蜂の如く存在に感じられた。

「でもね、男の子を私が生めば、お義父様は考えを改めてくれる。そう思わない？」

義姉の手が私の股間に伸びてくる。

私が女を知ったのは、兄から『無明』の話を聞いたあとだ。

学校の友人たちの間で繰り広げられる女性との話題の中、当時まだ童貞だった私は、その事実を打ち明けられなかった。同時に不意に蘇《よみがえ》る『無明』の話の恐ろしさに、自分が『男』であることを証明したかった。

それから、自分より先に女を知っていただろう勇吾への対抗意識もあった。

虚勢を張り、半ば無理やり連れて行かれた誰かの下宿で、初めて女性を抱いた。

あのときの記憶はあまりない。とにかく自暴自棄に生理的な反応を利用したことは間違いない。最低で最悪な記憶だ。

以降、同じ相手と性交した。常に罪悪感と嫌悪感がつきまとったものの、そのたびに己が『男』だと自分に言い聞かせていた。

性交はしながら、接吻《せっぷん》はできなかった。どうしても無理だったのだ。

そのせいか同期の仲間が面白おかしく女の体について語る中、私は自己嫌悪しか覚えなかった。そしてあるときから、彼らの誘いを拒むようになった。

元々、淡白なほうだったのだろう。まったく性的な欲求を覚えないかと言われればそれは嘘だ。でも女の裸を見たとき、急激に冷めて行くのがわかった。無理やり勃起させて解き放っても、高ぶる体と違い頭はやけに覚めていた。

胸が締めつけられるような、腰の奥が疼くような切ないまでの欲望を覚えたことは、これまでにただの一度しかない。

記憶の奥に蓋《ふた》をして閉じ込めた感情と欲望は、いまだ私の中でわだかまったままだ。

私が義姉を、当然のことながらこれまで「女性」として捉えたことはない。

そんな相手が今、私の体に触れている。

全身がぞわりと震える。

信じられない言葉に強烈な嫌悪が湧き上がる。にもかかわらず、男である私の体の奥に熱い塊《かたまり》が生まれているのもわかっていた。

服の上から腰に触れる手の感触に、鈍いながらも体が反応してしまう。

「子どもが欲しい、なら、兄上が……」

「邦孝さんが私に興味のないことなど、貴方もわかっているはずでしょう」

「でも、これが兄上にばれたら……」

兄との間に夫婦としての関係がないのなら、万が一妊娠したとしても、兄の子でないことはわかってしまう。

「ばれたって問題ないわ」

義姉はまったく躊躇《ちゅうちょ》がない。

「私が欲しいのは、お義父様の望む、西國の強い遺伝子。でも心配しないで。孝信さんとの子どもだとは誰にも言わない。それから邦孝さんだって同じよ。自分の子でないとわかっても文句を言うわけはない。西國の血を持つ後継者が欲しいのは邦孝さん自身ですもの。あの人はお義父様のことが誰より怖いの。そして呪縛から逃れたいの。だからといって自分の弟が自分を差し置いて後継者になるのは我慢がならないの。孝信さんが自分より優秀でお義父様に期待されているのがわかっていても、貴方が後継者になるのは我慢ならないという、変なプライドもあるの」

知らなかった兄の本心に私は小さく息を呑《の》む。

「だから邦孝さんは、自分の子でないとわかったところで、喜ぶことはあってもその事実を公《おおやけ》にすることはあり得ない」

だから。

「ねえ、いいでしょう？　初めてでもないでしょうし。貴方はそのままでいて、少しだけ気持ちよくなるだけ」

『女』という魔物と化した瑠璃子が、たっぷり紅を差した唇を私の唇に押しつけてきた。濡れて厚ぼったいその唇の感触に、激しい嫌悪を覚える。

「貴方の遺伝子を私に頂戴《ちょうだい》」

＊＊＊

突然兄に聞かされた『無明』と『優勢種』の話は、かなりの衝撃だった。

私は勇吾に何度も確認した。

「私は『優勢種』だ。『無明』なんていう化け物じゃない。そうだろう？」

その問いに勇吾は答えを濁した。勇吾自身、初めて聞いた話であるがゆえに、明確に答えられなかったのかもしれない。

だから私は父に尋ねた。

「私は『優勢種』なのですか」――と。

おそらく父は私がどんなつもりで尋ねたのかは理解していなかっただろう。私自身、兄から聞いたことなど何一つ説明はしなかった。

だからか、父は「当然だ」と言い放った。

「わしの息子は『優勢種』以外にあり得ない」

そこにどの程度の意味が込められていたかはわからない。それでも父の強い言葉に私は安堵《あんど》した。同時に、兄の発言を意識的に忘れることにした。

これまでに一度も『無明』のことなど聞いたことはない。大体、男が妊娠するなどということ自体が信じられない。

(兄上は私を揶揄《からか》っただけなのだ)

そうに違いない。結婚を前にした時期、接点も少ない弟である私を、揶揄っただけなのだ。

一緒に聞いていた勇吾も、それ以降、この話に触れたことはない。というのも、この出来事と前後して二人ともが別々の学校に通うようになったためである。

それまでは、屋敷に家庭教師を招き、一緒に勉強を教わっていた。当初私が一人で勉強させられるのが嫌だったので、勇吾は巻き添えを喰らっただけだ。

その後、父の方針転換によって、私は上流階級の人間が通う学校に、勇吾は地元の学校へ通うこととなった。

一緒に過ごす時間が減れば、必然的に話をする機会も顔を合わせることも減っていく。でもそれだけが理由ではない。気づけば、勇吾に避けられるようになっていたのである。

理由はわからない。だが鈍《にぶ》い私でもわかるほどあからさまな態度だった。

思い返してみれば、それは私が初めて女を抱いた頃でもあったかもしれない。だが当時はそんなことは考えもしなかった。

だから当初は理由もなく自分を避ける勇吾に苛立ったものの、高いプライドが邪魔して、自分から話しかけられない。結果、どんどん二人の間に距離が生まれた。

ずっと一緒に過ごしていたため、最初の頃は違和感を覚えたものだ。しかししばらくすると慣れてしまった。

学校で出会った新しい友人たちは、刺激的だったし彼らと過ごす時間も楽しかった。

でも勇吾の存在を忘れたわけではない。というより、私にとって勇吾は、「いつでも会える」存在だということを認識した。家族とは違うものの、家族より近しい。何があろうと自分のもとを離れないという絶対的な確信があった。

子どもの頃、自分を庇って火傷をしたときの誓いは、私にとって何よりも確かなものだったのだ。

しかし自分たちがいつまでも子どものままではいられないのと同じで、世の中には「絶対」が存在しない。

そのことを痛感させられる事件が起きてしまった。父の秘書だった成澤が、謀反《むほん》を働いたのだ。

父は元々ワンマンで人の言うことをきかない。自分が正しいという絶対的な自信の持ち主だった。

若い頃は事実そうだったし、横暴かつ無謀とも思えるやり方で、いくつもの企業を立ち上げた実績もある。

しかし時代が変化し、父も年を取った。

昔気質《かたぎ》の人間ゆえに、時代の流れについていけなかったのだろう。さらに西國が大きくなりすぎたのだ。

新しい考えや意見を受け入れることができず、結果、暴君の部分のみが目立つようになってしまったのである。

父が現役の間は、なんだかんだ企業は成り立つだろう。それだけの信頼が父にはあった。

だが絶対的な存在を失ったあと、果たして会社はどうなるか。

後継者とされる邦孝は、明らかに父に比べれば影は薄くカリスマ性もない。そんな状態で競争社会を勝ち抜けるのかと不安を抱いた者たちの大半は、元々は父の有能な部下だったという。

仕事ができ、時代が読めるがゆえに、自社の先行きが不安になった。

もちろん父の説得も試みたはずだ。しかし聞き入れられることがないまま、見切りをつけたのである。

そして間に入っていた、父の忠臣である成澤を代表に担ぎ上げた――というのが、今回の筋書きだったのだろう。

もちろん義理堅い成澤がある日突然父を裏切るわけがない。おそらく何度となく成澤は父に話をしたはずだ。しかしそんな成澤ですら父に反旗を翻《ひるがえ》す何かがあったに違いない。

父にしてみれば、飼い犬に手を噛まれるような衝撃だったのかもしれない。

信頼していただけに裏切りに対する怒りは大きかった。

当然のことながら、成澤は西國の家を出ていくことが決まった。成澤が出て行くということは
つまり、勇吾も一緒に出て行くということを意味する。

私がその事実を知ったのは、勇吾が家を出る当日、執事の福家を通してだった。

暑い夏の夜だ。


使用人の居住している建物の前で待っていると、小さな鞄《かばん》をひとつ持っただけの勇吾は、驚いたように目を見開いたがすぐに平然と振る舞う。

「何をしているんですか」

「お前を待っていたに決まっているじゃないか」

深夜、玄関の街灯以外の照明がない暗くて暑い屋外で待つのは、屋敷の敷地内とはいえ怖くないと言ったら嘘だ。さすがにこれだけ広いと、すべての場所を把握しているわけではないし、門には警備がいても、何が忍び込んでいてもおかしくない。

それでもそんな恐怖を堪え、私は勇吾が出てくるのを待っていた。勇吾が出て行くのであれば、

夜中に決まっていると思っていたからだ。

「何か俺に用ですか」

この状況で勇吾は平然とした態度を崩さない。

こうして勇吾の姿をまじまじと見るのは久しぶりだった。

初めて会ったときこそ、痩せこけて貧弱な印象があったものの、今では私より遙かに長身だ。体つきもがっしりとしてきた。日に灼けた小麦色の肌が逞しさをより強調しているように感じられる。

変わったなと思った。

でも変わったのは私も同じだろう。

勇吾に出会った当初は、母に似たどこか少女めいた顔立ちだったものの、成長するにつれ体格も変化した。勇吾に比べれば細身で身長も低かったが、外見から私を女と間違える人はなくなった。

「用がなければわざわざ待っていない」

私は憮然《ぶぜん》とした態度で応じる。

勇吾は私の様子にため息を漏らす。

「手短にお願いします。見ればわかると思いますが、これから出かけるので」

「出かけるじゃなくて、出て行くの間違いじゃないか?」

わざわざ言い直すと、勇吾はずっと逸らしていた視線を私に向けてきた。

「わかっているなら話は早いです。これまでお世話になり……」

勇吾は開き直って別れの挨拶をしようとする。

「ふざけるな。誰が許すと言った？」

私の言葉に勇吾は下げかけていた頭を元の位置に戻す。

「許す許さないの話ではありません」

勇吾は呆れたように肩を竦める。

「父は泰邦様と対立する別会社の社長となることに決まりました。泰邦様には数日中に家を出て行くように言われております。父が屋敷を出る以上、息子である俺が一緒に行くのは当然のことです」

「当然じゃない」

私は反論する。

「父親は父親。息子は息子だ。だから勇吾は出て行かなくていい。お前の面倒は西國で見るように、私から父に進言する」

「そういうわけにはいきません。さすがに泰邦様に顔向けができません」

「私がいいと言っているのだ。父は関係ない。お前はこれまでどおり、私のそばにいればいい」

「お気持ちはありがたいです。でも俺は父と一緒に行きます」

勇吾はきっぱりと言う。

「勇吾……！」

「今回のことがなくとも、いずれにせよ俺は屋敷を出る予定でいました」

勇吾の発言に全身が震えた。

「どうしてだ」

「貴方は、父と息子は別だと言った」

「ああ、言ったとも。実際そうだろう？」

「父と俺が別なら、俺は貴方に従う理由がなくなります」

真顔で予想もしていなかったことを言われて、思わず絶句する。頭が真っ白になると言うのはこういう状態のことを言うのだろう。一瞬、完全に私は硬直してしまった。まさか勇吾がこんなことを言うとは思わなかったのだ。

勇吾は私から視線を逸らす。その態度で、頭にかっと血が上る。

「お前はずっと私を守るんじゃなかったのか！」

『この先、孝信様が怪我をされないために、近くで守ります』

十二歳のとき、勇吾が誓った言葉を忘れたことは一度もない。

今も勇吾の肩に残るだろう火傷の痕を、一度も目にしたことはない。あのときから勇吾はどれだけ暑かろうと、私の前で肩の見える格好をしなくなった。あのときのこと自体に触れようともしない。

なかったことにしようとしているのかもしれない。でもそんなことは許さない。

「誓ったのを忘れたのか！」

乱暴に右の肩を摑んで訴えると、勇吾は逸らしていた視線を私に向けてきた。

「――忘れるわけがありません」

低い声で言うと同時に、自分の肩にある私の手を痛いぐらいに摑んできた。

「勇、吾」

「貴方は何もわかっていない」

低い声で唸《うな》るように言う。

「何もって何がだ。突然に言われたってわかるわけがないだろう」

腹が立った。言いたいことがあるなら言葉にすればいいのだ。そう言おうと思った次の刹那、摑まれていた腕を乱暴に引っ張られた。そして。

「……っ」

ガツンと唇に衝撃があった。その衝撃の理由を理解すると同時に、私は摑まれていた手を思い切り振り払い、さらに渾身《こんしん》の力で勇吾の体を突き放していた。

「何を、するっ」

憮然とした表情の勇吾を上目遣いに睨みつけながら、私は無造作に手の甲で濡れた唇を拭った。

すると、そこに赤い痕がつく。驚いて顔を上げると、目の前にいた勇吾も私と同じように唇を拭っている。それだけでは足らなかったのか、ぺろりと舌で唇を拭う。勇吾の唇から血が滲《にじ》んでいた。

闇雲に手を振り払ったときに、爪で傷つけたのかもしれない。

口づけされたのだ。その事実を認識した途端、全身が熱くなって体の奥で何かが疼いた。自分でもそれが何かよくわからない。だがこれまで感じたことのない感覚だった。

指の先が痺れて体じゅうが粟立ち胸が締めつけられるような――。

「勇、……」

「俺がそばにいるということは、こういうことだ。それでもお前は俺にこの家に残れと言うのか?」

自分で自分の状態がわからない中、勇吾は私の言葉をやけに挑戦的な口調で遮ってきた。敬語でない上に、私のことを「お前」と言う。今までにされたことのない呼び方に、全身が総毛立った。

「怒ったのか?」

わずかな私の変化も勇吾は敏感に感じ取る。

「お前は何も俺のことを知らない。だが俺はお前のことを知っている」

「……私の何を知っている?」

荒らげたくなる声を抑えるのに必死だった。ここ何年か、まともに会話していない。そんな状態で、私の何を知っていると言うのか。

「接吻するの、初めてだろう？」

勇吾は言ってから私の表情を確認してくる。見られているのがわかっていても、私は顔が赤くなるのを堪えられない。

「女を抱いたのは知っている。でも接吻はしていないはずだ。性欲処理と割り切って性交はできても、プライドの高いお前が接吻などできるはずがない」

何もかも見透かしたような発言に胸が締めつけられる。どうしてそんなことまで勇吾は知っているというのか。

「だったら、なんだ」

こうなったら開き直る以外にない。

「性交にしたって周りに煽られて、虚勢を張っただけなんだろう。お前みたいなお坊ちゃんは、女を優しく扱うこともできず、ただ闇雲に腰を振っただけなんだろう」

さらにわざと下卑《げび》た物言いをするのは、私を怒らせるためだろうと想像がついた。

ここで挑発に乗ったら勇吾の思うつぼだ。わかっていても我慢できない。

「そう言うからには、お前はさぞかし優しく女を抱くんだろうな。接吻だって」

「知りたいか？」

躊躇いつつ尋ねると、嘲笑するように返された。

「お前のことなど、知りたいわけがないだろう」

「意地を張るな」

私の言葉など勇吾はまったく聞いていない。

「俺と接吻したい癖に」

勇吾は一歩足を前に進めてくる。

「何を勝手なことを……」

咄嗟に振り上げた手はあっさり勇吾に捕らえられてしまう。

「これ以上、顔に傷をつけるのは勘弁してくれ」

もう一度振り払おうとしてもびくともしない。さっきは簡単に振り払えたのに。直接触れてくる掌から体温が伝わってくる。

「……離せ、手を」

「嫌だ」

「勇吾っ」

「覚えているか、孝信。お前の兄である邦孝さんが話したことを」

勇吾は抗う私の両手を捕らえ、鼻先が触れ合うほど顔を近づけてきた。

「兄上が何を」

「『無明』の話だ」

言葉を紡ぐことで吐き出される吐息が唇を掠めていく。忘れかけていた——というより、記憶の底に封印していた単語が、突然にはっきりと蘇ってくる。何かを思う前に全身がぶるっと震えた。当然、腕を摑む勇吾にその反応は伝わっている。だが私は懸命にそ知らぬふりを装う。

「なんの話だ」

「噓が下手だな。覚えている癖に」

冷ややかに笑いながらの指摘に、顔が熱くなった。そう思うのであればあえて確認せずともいい話だ。

「あれは兄が私を揶揄うために話したお伽噺じゃないか——その『無明』がなんだ」

「お伽噺か。それでもいい。俺はあの話を聞いたとき、咄嗟にお前のことだと思った」

再び、びくりと体が震えてしまう。

「お前はあのあと、俺に確認しただろう。自分は『優勢種』だ、と。肯定の言葉をお前が求めているのはわかった。だが俺にはそんなことは言えなかった」

目の動きのすべてが伝わる距離で、視線を逸らすことが許されない。

痛いぐらいに摑まれた手に力が籠る。

「俺はお前が『無明』だったらいいと思った」

「な……っ」

「お前が『無明』なら、無理矢理に抱いて、俺の子どもを生ませることができる」

信じられない言葉とともに、勇吾は噛みつくように私の唇に自分の唇を押しつけてきた。

「……っ」

生温かくて柔らかい感触を認識した瞬間、電流が流れるような衝撃が脳天まで突き抜けた。同時に、腰の奥で何か熱い塊が疼く。その塊はじわじわ熱を発して私の体を内側から溶かそうとしているように思えた。

胸を押し返そうとするものの、かえって激しく唇が押しつけられ口腔《こうこう》内に舌が伸びてくる。最初に唇が触れたときと同じ、未知の感覚に戸惑いを覚えた。咄嗟に舌を引いて勇吾の舌から逃れようとするが、あっという間に絡められてしまう。

勇吾の舌の小さな突起のひとつひとつが纏わりついて私の舌を刺激してくる。細くなった先端が触れていくたびに唾液が溢れてしまう。

「ん……ふ、ぅん……」

自分でも予期しない甘い声が溢れた。その喘ぎすら勇吾に飲み込まれていく。

勇吾の口腔に引き寄せられた舌を強く吸われ軽く歯を立てられた。

「ん……っ」

痛みとは異なる甘い刺激が腰に直接響く。膝から力が抜け落ち、崩れそうになる腰に、素早く勇吾が手を差し入れてきた。

それでもまだ勇吾は口づけをやめなかった。

上から伸し掛かるように唇を塞ぎ、上と下の唇を交互に食《は》まれる。尖った歯の先が柔らかい舌に触れては離れていく。引きちぎられるのではないかと思うぎりぎりまで力を入れて、その歯の触れた場所を舌で辿られる。

縁を撫でられ再び絡められ吸われ噛まれる。立て続けの刺激は何もかも未知の快楽を生んでいく。

(いや、だ……)

でもそれ以上に気持ちいい。

これまで、性交はできても口づけはできなかった。食事をするという、食べ物を摂取する口に、他人の口が重なることなど、想像すらできなかった。それなのにどうして勇吾を拒めなかったのか。

唇を重ねるだけではなく、舌を絡め相手の唾液を欲している。

「孝信」

勇吾は離した唇を首筋へ移動させ、そこに口づけてくる。喉元に歯を立てられた刹那、そこから生まれた刺激が腰を疼かせる。そこに勇吾の手が伸びてきた瞬間、流されかけていた理性が戻ってくる。

「や……めろ」

渾身の力で摑まれていた腕を振り払うのと同時に、腰を支えていた勇吾の腕が離れた。そして私はその場に膝から崩れ落ちていく。

ひんやりとした土の感触に、意識が明確になった。

「孝信」

「……孝信『様』だ」

顔が上げられなかった。

無様《ぶざま》に土の上にしゃがみ込んだまま勇吾の呼び方を訂正する。

「私は西國の人間だ。お前のような人間に呼び捨てにされるような立場にはない」

膝を摑む腕が震えた。全身が震えている。夏の纏わりつくような暑さに汗が噴き出していた。

「……そうだな」

静かに応じた勇吾は屋敷を出ていったまま、連絡を取ることはなかった。

勇吾が家を出て少しした頃、中学校卒業後の進路について、私は軍へ仕官したいという意思を父に告げた。

表向きの理由はいくつも並べ立てていたが、実際のところは、父の私に対する執着の度合いが強くなったためだ。

多分、成澤の離反は、思っていた以上に父にとって衝撃だったのだろう。口には出さないが、人間不信な部分が強くなったように感じた。人間不信というよりも、誰も信じないような態度を取るようになり、屋敷でも怒鳴り散らす姿を見かけるようになった。

おそらく、会社でも同じなのだろう。

当初は、成澤の代わりを兄にさせるつもりだったのだろう。しかし結婚し独立してからは、今まで以上に影が薄くなっていた。

その代わりなのか、己の周囲を身内で固めようとするのか、私にも父の締めつけが始まった。最初は、政財界のパーティーへの参加だ。公言はしないものの、自分の後継者だと暗《あん》に知らしめるような発言をして、外堀を埋めていく。

父に認められることを誇らしく思いつつも、行動を何かと制限されることに対して、これまで奔放《ほんぽう》に日々を過ごしていた分、窮屈さと苛立ちを覚えるようになった。

それは父のせいだけではない。勇吾という歯止めがなくなったせいで、何かと私に直接話がくるようになったためもあるだろう。

いずれなんらかの形で、父の仕事を手伝うことにはなるだろうと思っていた。しかしそれは今ではない。

そんな父に対する反抗から軍人になろうとするのも、相当甘い考えだという自覚はあった。だが他に、政財界に繋がりを持つ父から逃れる術はないと思っていたのだ。

それでも反対される覚悟をしていた。

その反対を押し切るつもりで、表向きの理由をいくつも用意していた。だから、あっさり許可されたときには正直拍子抜けしてしまった。今振り返って考えれば、父は軍にまで影響力を有していたということだ。

しかし当時は、そこまで考えが及ばなかった。良くも悪くも、私は世間知らずだったのだ。

「末っ子で甘ったれた根性を、厳しい世界で少し鍛え直されて来ればいい」

気づけば海軍兵学校への進学が決まっていて、広島の江田島《えたじま》に行くことを余儀《よぎ》なくされた。

驚きの連続で何が起きているのかわからないまま、向かった江田島で私はさらに驚かされた。

そこには、成澤勇吾がいたのだ。


あのときの驚きは言葉では言い表せない。

それは私だけでなく勇吾も同じだったらしい。二人して顔を合わせた瞬間、軽く十秒はその場で硬直したほどだ。

でもそれからの海軍兵学校での四年、さらにはその後の実地訓練を経る間、少なくとも表向き、二人の関係は主従ではなくなった。

予想もしなかった再会に戸惑うばかりの私と異なり、勇吾は実に割り切っていた。

周囲から浮きがちな私を、周りにはそれとわからないよう気遣い、仲間と打ち解ける雰囲気を作ってくれたのである。それも、あえて過去のことは触れることなく、一定の距離を保ったままだ。その距離がなんとも心地よく、少しずつ私も「同期」である勇吾という存在を許容していった。

だからといって、過去の勇吾を忘れたわけではない。

兵学校卒業後、二人して海軍省への配属となったのが、どういう運命の巡り合わせだったのかはわからない。お互い、兵学校同期生間の先任順位が良かったのもある。だが私の場合は、父の力が多分に及んでいたに違いない。

でも勇吾は違う。

神様がこの世に存在しているとしたら、神様の悪戯《いたずら》としか言いようがない。

とにかく海軍省へ任官されたのは同期では二人のみだった。にもかかわらず、勇吾は相変わらず私との距離を置いたままだった。

常に「同期」の仮面を被り続けて私に接する。だからその配属を機に、仮面を外させるべく、何かと勇吾を家に誘った。しかし悉く断られ続けていた中、やっとのことで承諾させた。

『父が勇吾に会いたがっているから』という、絶対にあり得ない理由に、驚くべきことに勇吾は騙《だま》されたのだ。

『泰邦様が会いたいと言ってくださっているのであれば、行かざるを得ないだろう』と。

父親である成澤が西國から離反したという過去の事実は、勇吾にとって私が思う以上に後ろめたい出来事になっていたのかもしれない。

＊＊＊

義姉が使っている部屋と私の部屋は、玄関前の広間から繋がる階段を中心に、左右対称に広がる建物の反対側に位置する。いつもならすぐに移動できる距離が、今は果てしなく長く感じられる。

毛足の長い絨毯《じゅうたん》の敷き詰められた廊下を歩く体が、鉛《なまり》が入ったように重たい。かろうじてシャツとズボンだけは身に着けているが、自分で自分の体が保てているのかよくわからなかった。

そんな曖昧《あいまい》な感覚の体を引きずるようにして歩を進め、やっとのことで自分の部屋の前まで辿り着いた瞬間、全身から力が抜け落ちていきそうになる。

頭の中は混乱を極め、激しい罪悪感に押し潰されそうになっている。にもかかわらず、体は熱く腰は疼《うず》き、呼吸は乱れている。

夏の暑さのせいだけではなく、全身から噴き出す己の汗の匂いに混ざった義姉の使っていた香水の香りに、強烈な吐き気を催《もよお》した。

本当は風呂に入って体を洗い流したかった。だがそれだけの余力がもうない。

（一刻も早く部屋に戻って眠りたい）

考えねばならないことがたくさんある。でも今は何も考えずに眠ってしまいたかった。

そのつもりでいたのに。

「遅いじゃないか」

扉を開けた瞬間、私は息を呑む。

普段、目にすることのない礼装に身を包んだ成澤勇吾《なりさわゆうご》が窓際にあるソファに座っていたのだ。

「なんで……」

「なんで？　それをお前が言うのか？」

勇吾は使用人が用意したのだろう、酒の入ったグラスをローテーブルに置き、面倒臭そうに組んでいた膝を解く。

その姿に、かつての姿が重なる。

あの夏の日、勇吾の父親である成澤が父に離反したことによりこの家を出るまで、ともに過ごした頃の姿。

「福家《ふくいえ》さんに、俺が来たら部屋で待つように言ったのはお前だろう？」

軍服ではない礼装の勇吾は、普段と変わりないざっくばらんな物言いをした。セットした前髪

が気になるのか、無造作にかき上げる様を目にした刹那《せつな》、体の奥で何かが疼いた。

(なんだ……)

確かに、勇吾が来たら部屋に連れて行くよう頼んだのは私だ。しかしすっかり記憶から抜け落ちていたせいで、勇吾の顔を見た瞬間に、これまで保っていた緊張の糸が切れてしまったらしい。

ガクッと膝から力が抜けて、今にもその場に崩れ落ちそうになる。

「すぐに来るのかと思っていたら、すでに一時間だ。あと十分待って戻ってこないようなら、帰ろうと思っていたところだ」

汗が噴き出し、全身が震えてくる。

(義姉に盛られた薬のせいか?)

「それよりも、なんだそのだらしない格好は」

勇吾の指摘に、私は慌てて開け放ったままのシャツの前の釦《ボタン》を閉じる。

「どうせ取り巻きに囲まれて、いい気になって酒を飲んで脱いだんだろう? あまり酒に強くないんだから加減しろと何度も言っただろう? 大体、人を無理やり呼びつけておいていい身分だな。おかげで、せっかくの機会だったにもかかわらず、泰邦《やすくに》様にもご挨拶《あいさつ》ができなかった」

勇吾が肩を竦《すく》め、グラスに残っていた酒を飲み干してから立ち上がる。それと同時に、漂ってくる濃厚な香りに、体内で理性の箍《たが》が外れるのがわかった。

「とりあえず、顔は出した。これで約束は果たしたわけだから、帰らせてもら……孝信《たかのぶ》?」

口に手をやりその場で膝を折る私の姿に、勇吾が驚きの声を上げる。

「どうした、孝信」

駆け寄ってきた勇吾が肩に手を置いた瞬間、触れられた場所から熱いものが伝わってくる。

「……っ」

咄嗟《とっさ》にその手を振り払って顔を上げた私は、そんな私を見ていた勇吾と目が合った。義姉とのことがばれたのか。思わず身を竦める私に、勇吾が静かに口を開く。

「まさか……発情期か？」

紡がれた言葉に私は目を見開く。

「……発情期？」

鼓動は高まったまま、荒い息のままに勇吾が口にした単語を繰り返す。発情期。意味はわかるが、この場でどうして勇吾が言い出したのかわからない。

戸惑う私の腕を勇吾は掴んできた。逃げようとする私の肩にさらに反対側の手を添えた勇吾は、強引に顔を近づけてきた。

鼻先が触れ合うほどの距離に堪えられず目を閉じる。口づけられるのかと全身を強張らせる私を嘲笑《あざわら》うように、勇吾は鼻先を耳に寄せてそこの匂いをクンと嗅《か》いだ。

「女性用の香水の匂いと混ざってわかりにくくなっているが、間違いなくこの『匂い』はお前から発せられている」

女性用の香水という言葉に、全身が粟立《あわだ》った。

「……離せ！　匂いとか発情期とか、なんの話だ。失礼じゃないか」

耳朶《じだ》に熱い息がかかると、体中の皮膚が粟立った。鼻を突く濃厚な匂いに軽い眩暈《めまい》を覚えながら、私は渾身《こんしん》の力で勇吾から逃れ自分の体を抱き締めるようにする。

「私よりもお前のほうが、よっぽど強い匂いを放ってるじゃないか。香水にしても性質《たち》が悪い」

部屋に入ったときから、勇吾の匂いが鼻を突いている。それこそ、先ほどまで嗅がされていた義姉の香水がわからなくなるほどだ。

「俺は香水なんて使っていない」

勇吾は怪訝《けげん》な顔をしたのち、何かに気づいたようにはっと息を呑む。

「いや、待てよ。孝信、お前、『優勢種』だったはずだろう？　それなのになんで発情期なんて来るんだ？　それに俺の匂いに反応するなんて……」

「何を、訳の分からないことを言ってる？」

勇吾が何をぶつぶつ言っているのか、私にはまったくわからない。

勇吾は顔を上げると、改めて私の腕を掴もうと手を伸ばしてくる。しかし私は、無意識に一歩後ずさってしまう。

「どうして逃げる？」

勇吾は真っ直ぐに私を見つめたまま視線を逸《そ》らそうとしない。そんな風に見られていると、それだけで肌がざわめいてくる。

「お前こそ、どうして私に触れようとする？」

上擦《うわず》る声で返す言葉に勇吾は苦笑を漏らす。

「そんなの触りたいからに決まってるだろう」

微《かす》かに細められた瞳に胸の奥が締めつけられる。

義姉が触れたときとは全然違う。

子どもの頃からよく知っている相手の顔を見て、どうしてこんな感覚を覚えねばならないのか。

「確認したいことがある。だから逃げないでくれ」

改めてそう言われる。

「確認したいこと？」

「そうだ。そのためにはお前の手に触れたい」

「どうして」

「どうしても、だ。無理強いはしたくない。だから逃げないでくれ。俺から触られるのが嫌なら、お前から触れてくれればいい。お前の嫌がることはしない」

勇吾の表情は真剣極まりないものだった。何を確かめたいというのか知りたくて、私は言われるままに逃げるのをやめた。

そして私に向かって伸ばされる勇吾の手に、恐る恐る自分の手を伸ばしていく。

（恐れることはない。相手は勇吾だ。義姉じゃないんだ）

自分に言い聞かせるように繰り返してから、そっと勇吾の指先に自分の指を伸ばす。爪の先が微かに触れただけで、静電気が生じたかのように、自分でも驚くほどの衝撃が訪れる。瞬間的に私が体を震わせたことに、勇吾は気づいていただろう。しかし何も言わず、私が自分から触れるのをじっと待っていた。

（なんなんだ、これは……）

狼狽《うろた》えつつもぐっと腹に力を入れ、勇吾の手の甲に自分の手を添えると、ゆっくり息を吐き出した。

指の先まで神経を注ぐと、多少の痺れのようなものは感じるものの、堪《こら》えられないほどではなかった。

「……触ったぞ」

懸命に平静を装って宣言するものの、勇吾は眉間に皺《しわ》を刻んだままだ。

「以前、屋敷から俺が出て行くときに言ったことを覚えているか？　邦孝《くにたか》さんから俺と一緒に聞いた話を覚えているか？」

「兄上から？　……いや」

私の神経は勇吾の手に触れた指先に集中していて、記憶を遡《さかのぼ》らせる余裕はない。

「この世には、『無明《むみょう》』と『優勢種』と呼ばれる人間が稀《まれ》に存在するという話だ」

（……っ！）

『無明』という単語に、無意識に私は体を震わせる。

「外見上は、普通の男女と変わりないという。でも『無明』として生まれた男女は、同性と交わることで子が為せるという」

淡々とした口調で告げられる話を聞いていると、少しずつ兄と話をしたときの状況を思い出す。

そして同時に、勇吾が屋敷から去ったときのことが蘇《よみがえ》る。

「……あの、夏の……」

「そうだ」

勇吾は力強い口調で頷《うなず》いた。

あのとき、突然に兄が始めた『無明』という人間の話に、私はまったくついていけなかった。意味がわからなかったし、理解できなかった。

それだけではない。屋敷を去るとき、勇吾が自分に対して言ったことにも憤《いきどお》った。

『お前が『無明』ならいいのに』

もっとも有り得ない、というより、あってはならないことを口にしたのだ。

「俺はあのときから『無明』という存在が気になって、独学で調べた。とはいえ、ほとんど資料などなかった。だから最終的には、西國《さいごく》の家を出てから、西國の主治医である山城《やましろ》先生に話を聞きに行った」

私にとって忌《い》まわしい思い出だ。勇吾の話を聞いた途端、心臓が大きな音を立てた。

「どうして、そんなことを……」

尋《たず》ねる声が震えた。

「理由は、屋敷を出るときにも言ったはずだ」

勇吾は、私の反応を確かめている。

「知りたいか」

その言葉とともに、再び私の手を痛いぐらいに摑んでくる。皮膚が食い込むほど力を入れられた指から、熱が伝わってきた。

ドクンと、再び心臓が痛いほどに打った。

「俺がどうして『無明』について調べたか、知りたいか」

その問いに、答えることはできない。

驚きに目を見開いた直後、勇吾の唇が私の唇に重なってきた。

「ん……っ」

忘れようとして忘れられなかった、生温かくて柔らかい感触。

かつて勇吾に口づけられたときの記憶が鮮明に蘇ってくると同時に、脳天まで突き抜けた電流が走るような衝撃と、腰の疼きまでもが蘇ってくる。

あのときと違うのは、その疼きが何かを知っているということだ。

「や……っ」

なけなしの理性で抗《あらが》おうと試みる。だが無理やり唇の隙間から忍び込んだ舌に口腔《こうこう》内を探られただけで、全身から力が抜け落ちそうになる。

勇吾の巧みな舌の動きに翻弄《ほんろう》され、封じようとして封じきれないでいた欲望が溢《あふ》れてくる。

同時に、少し前の義姉の部屋での行為が鮮明に蘇ってきてしまう。

いや、あれは本当に義姉だったのだろうか。

ドレスの裾をたくし上げただけで、薬のせいか酒のせいか、力が入らない私の上に跨《また》がった。

そこからのことはよく覚えていない。耳障りな嬌声《きょうせい》を上げたあと私の上から義姉が退いてすぐ、逃げ出してきたのだ。

勇吾もあの義姉と同じように、私を見ているのか。

胸を押し返そうとしていた手から力が抜け、突っ張っていた膝もがくりと折れる。あっと思う間もなくその場に崩れ落ちる私の体を、咄嗟に勇吾が支えた。

「孝信……」

名前を呼ばれた私は、膝を絨毯に立てた状態で目の前の勇吾を見上げる。

「お前、発情してるんだろう?」

改めての問いに、私は俯《うつむ》いた。だが体の反応は隠そうとしても隠しきれない。内股が震え、足の間の欲望が疼き、全身から汗が噴き出している。

「何を根拠に……」

「前に口づけたときとは明らかに反応が違う」

言われずともわかっている。あのときも、口づけされたことで脳が痺れるような感覚が生まれ、全身が疼いてしょうがなかった。

絡められる舌の甘さに陶酔《とうすい》しかけた。

それでも、あのときは抵抗できた。無理やり口づけてきた勇吾の体を押し返せたのだ。

でも今は違う。

この部屋に来る前の段階で、既に私の体はおかしくなっていた。だが勇吾の姿を目にしてその匂いを嗅いだことで、この異常さが頂点に達してしまった。

でも。

『無明』は発情期が訪れると独特の匂いを発し、交尾のために『優勢種』を誘う。今、お前からはその匂いがしている」

勇吾の言葉にはっと顔を上げて首を左右に振る。唇を噛み締め顔を左右に振ってもまったく意味はない。

「私は……『無明』なんていう化け物じゃない」

初めて兄に話を聞いたとき、激しい嫌悪が生まれた。発情期が訪れると相手構わず性交せねばならないことも、男でありながら妊娠することにも。

さらに、『優勢種』と背中合わせの関係にあると続けられ、私自身も『無明』の可能性があると言われたことは、意図的に忘れることにした。

そうでなければ、足元から崩れ落ちそうな感じがしたのだ。

それなのに目の前の男は、よりにもよって屋敷を出て行く日に、あの話を穿《ほじく》り返してきた。それも私が『無明』であればいいと言って。

『お前が『無明』なら、無理矢理に抱いて、俺の子どもを生ませることができる』

幼い頃からともに過ごしてきた相手の言葉を思い出すだけで、胸の奥が痛くなる。裏切られたというより、心の底に隠していた気持ちを見透かされたように思えたからだ。

ずっと、否定し続けてきた。

隣にいて、常に一緒にいるのが当然だと思っていた。

それなのに、父親のことがあったにせよ、私の前から勝手に離れて行った。勝手に私が『無明』ならいいのに、などと抜かして。

私の気持ちなど、まるで無視した発言に苛立った。だがそれ以上に、勇吾にされた口づけを、気持ちいいと思ってしまった自分に苛立った。

隠そうとしても忘れようとしても、勇吾への想いはなくなることはなかった。封印しても、ふとした瞬間に私の胸の中で大きくなってしまった。

ずっと、多分、勇吾が私を庇《かば》って火傷をしながら、誓ってくれたあのときからずっと、愛しく思っている。

でも素直になれずにいた。

エリート意識を幼い頃から植えつけられた私は、父親の部下の息子に対する感情を、なかなか認められない。

でも、もういい。

私は成澤勇吾のことが好きなのだ。

自分と同じ男だとか、立場の差など関係ないほどに、気づけば勇吾のことしか考えられなくなっていた。

だから、今、こうして勇吾を前に歯止めの利《き》かない感情は、義姉が私に向けたものとも、私自身が兄の言っていた『無明』などという、訳の分からない存在だからでもない。

断じて違う。

だから私は繰り返した。

「私は『無明』じゃない」

泣き出したい衝動に駆られながらぐっと堪える私の言葉を聞いて、勇吾は眉間に深い皺を刻んだ。

子どもの頃から、何か困ったことがあると、勇吾はこんな風に難しい表情を見せた。

互いに成長しても、何も変わっていない中身を確信した刹那、私は勇吾の頬に両手を添え、自分から唇を寄せた。

「孝信……っ」

しかし触れる前に、勇吾は頬にある私の手を摑んで体を逸らして唇から逃れた。戸惑いの表情を浮かべる勇吾に摑まれた腕が、火傷しそうなほどに熱い。

勇吾からの行為を受け入れるのではなく、私自身が求めて行ったことで、理性の箍が外れたのかもしれない。

「どうして逃げる？」

「『無明』じゃないと言ったのは孝信だ」

勇吾はそれまでとは違う、戸惑ったような表情を見せる。

「そうだ。私は『無明』じゃない。でも違ったら勇吾に口づけてはいけないのか？」

「どういう意味だ？」

腕を摑んでいた勇吾の手の力が緩む。そのタイミングで、自分の手を勇吾の胸へ移動させる。掌《てのひら》で鼓動を感じながら、その手をゆっくり下方へ移動させていく。

勇吾はその間、私にされるがままで黙っていた。

「孝信……」

さすがに足の間に手が伸びかけたときには、勇吾の口から驚きの声が零《こぼ》れ落ちた。

勇吾に名前を呼ばれるたび、血液の温度が上昇するようだった。それこそ繰り返し呼ばれたら、沸騰《ふっとう》してしまうのではないか。

そんなことを考えながら、私は勇吾自身に布の上から触れる。なんの躊躇《ちゅうちょ》もなかった。邪魔なものがあっても、そこに覆われたものが高ぶっているのはわかった。そしてその高ぶりを感じた瞬間、また全身が疼いた。

「勇吾」

それまで逸らしていた視線を勇吾に戻す。

「これに触れたい」

私の言葉に勇吾が目を見開く。

(勇吾が欲しい)

そして先ほどの悪夢を忘れさせてほしい。

幼い頃から一緒に過ごしながら、そのときには勇吾の性器を目にしたことはなかった。しかし兵学校へ入学することで、否応なしに裸のつき合いを余儀なくされた。

戸惑ったのは最初のうちだけで、やがて裸を見ても何も思わなくなっていた。いや、違う。何も思わないように懸命に努力していたのだ。

その証拠に、今、勇吾の性器を想像するだけで、体の奥が熱くてたまらない。

どんな色をしているのか。どんな形をしているのか。どんな風に硬くなるのか。

自分の想いを封じていたが、知らないうちに勇吾を求めていたのだろう。自分でも驚くほど当然のように、勇吾に抱かれる己の姿が想像できてしまう。

「お前は私が『無明』じゃなければ、抱きたいとは思わないのか？」

その問いに勇吾の眉が上がる。それまで放置していた、己の股間にある私の手を摑んで口元へ移動させる。

「間違えるな。俺が抱きたいんじゃない。お前が俺に抱かれたいんだろう？」

豹変《ひょうへん》した勇吾は、私の指先に舌を伸ばしてきた。

唇の色よりも濃く生々しい赤い色をしたそれは、まるで生き物のように私の指を器用に嘗《な》めていく。

あの舌が、私の口腔内を探っていた。

私の舌に絡みつき、吸い上げていた。

口づけのとき、想像するしかなかった舌の動きを目の当たりにして、さらに腰が疼き鼓動が高鳴る。

「違うのか？」

気づけばただ嘗めるだけでなく、私の指の根元まで舌を伸ばし、指の先に歯を立てた勇吾が答えを要求してくる。

指だけでなく、違う場所を嘗められたらどんな感じなんだろう。小さな突起でざらついた刺激に、耐えられるのだろうか。

妄想するだけで頭の中が破裂しそうだった。

「孝信。どうだ？」

強くなる口調に慌てて頷く。

「違わない」

「お前は何を望んでいるのか、はっきり言葉にしろ」

これまで勇吾に命令されたことなどない。普通の状態なら、こんな言葉遣いをされた段階で憤っているところだ。でも今は、心地よさすら覚えている。

「勇吾に抱いてもらいたい」

体中の訴えを言葉にした途端、私を形作る細胞のひとつひとつがざわめき出した。勇吾が欲しいと訴えている。

「だったら、当然このぐらいはできるだろう？」

勇吾は先ほどまで私が触れていた場所に手を伸ばし、ファスナーをゆっくり下ろしていく。そして下着の間から、私が想像していた性器が引きずり出された。

兵学校時代に目にしたときとは明らかに違う。

私だけでなく、勇吾もこの状況に興奮していたのが、一目でわかってしまう。そのぐらい硬く大きく淫らな姿を見せていた。

勇吾は無造作に私の髪を掴み、猛った己のものを顔に押しつけてきた。

「俺をその気にさせろ」

ドクドクと脈づいているのが触れ合った部分から伝わってくる。勇吾の生きている証《あかし》に、私の鼓動も高まってくる。

勇吾との関係を密かに求めていても、これまで男と性交したことなどない。それでも私はなんの躊躇いもなく、勇吾のものに手を添えると、先端を口に含んだ。その瞬間、口の中で嵩《かさ》を増した勇吾自身に、私も煽られてしまう。

服の中で疼く欲望を自覚しながら、勇吾を愛撫していく。

抉《えぐ》れた部分を丁寧に嘗め上げ、軽く吸い上げてみると、強く脈打った。頭の上で勇吾が小さく息を呑み、髪を掴んだ指先に力が籠《こも》る。

（感じてるのか……）

ただでさえ大きなものがさらに熱を増し高ぶっていく。それでも懸命に愛撫を続けていると、堪えられずに溢れ出した先走りの液が口腔に広がった。

その直後、乱暴に勇吾は私を自分から引き剝《は》がす。そそり立った勇吾自身は、唾液が糸を引き、いやらしく濡れている。

「俺のを嘗めながらお前も感じていたんだろう？」

顎《あご》を摑まれ顔を上向きにされる。

なんと返事をすればいいのかわからず、目線で頷いた。

「次にどうしてほしいかわかってるか?」

さらなる問いにも目で応じる。

男と行為したことはなくても、私の体は勇吾を欲して疼いている。羞恥はすでにどこかに消え失せている。

「脱げ」

命じられるままに立ち上がって、さっき留めた釦を外してシャツを脱ぎ捨て、ズボンも同じように脱ぐ。

下着に手を掛け下ろしていく間も、ずっと勇吾は私を見ていた。

ねっとりと肌に纏わりつくような視線が熱い。

(火傷しそうだ)

私がすべてを脱ぎ終えるのを待って勇吾は顎をしゃくる。

「どこで抱かれたいか、自分で移動しろ」

とにかく今は、少しでも早く勇吾が欲しい。

命じられるままに、私は寝台へ向かう。そしてそこに乗ると、両手を体の横に突き、両足の膝を立て、誘うように勇吾に向かって左右に足を開いた。

＊＊＊

上着だけ脱いだ勇吾が足を掛けたとき、ギシリと寝台が軋《きし》んだ。勇吾の視線が、何もされていないのに、そそり立って淫らな蜜を溢れさせている私自身に注がれている。

見られていると思うだけで、さらに私の欲望は疼いて震えてしまう。

「ん……っ」

寝台に乗り上がった勇吾の手が、私に伸びてくる。頬に触れたとき、思わず私は体をびくつかせ肩を竦めた。勇吾はそんな私の反応に表情を変えることなく、ゆっくり手の位置をずらしていく。

「あ」

顎を過ぎ喉元を滑らせると鎖骨の窪みを撫でてから胸に辿り着く。平らな、なんの膨らみもない場所に色づく場所を指先で摘《つま》まれると、堪えられずに体を震わせた。勇吾は私の表情を窺《うかが》いながら最初は右のほうだけを弄《いじ》っていたが、やがて私の膝に置かれていたもう一方の手で左側の突起を弄ってくる。

「……っ」

「左のほうが感じるらしいな」

反応が違っていたのか、勇吾はさらに強く左の乳首を弄りながら顔を近づけてきた。

(何、を……)

戸惑う間もなく、指で弄られて過敏になっている場所に、熱い舌が押しつけられる。

「あ……っ」

小さな突起が細胞のひとつひとつに嵌《はま》ったかのような、凄まじい快感が全身を貫いていく。咄嗟に身を捩《よじ》っても、勇吾は愛撫の手を休めようとはしない。

親指と人差し指を使って丁寧に、ときに乱暴にそこをこねくり回しながら、丹念に私を高めていく。

触れられていなくても高ぶっている欲望は震え、先走った蜜でべとべとに濡れていた。

勇吾は胸を愛撫しながら、右の手を下半身へ移動させてきた。すぐにでも破裂しそうな性器に触れてくれるのかと思ったが、勇吾の手はそこを通り過ぎ、さらに奥に位置する孔《あな》に触れてきた。

「んん」

それだけで、背筋を快感が走っていく。小さく息を呑んだタイミングで勇吾は私の膝を抱え、一気に腰を掲げてきた。

勢いのまま寝台に倒された私の足の間に、勇吾が挟まってきた。眉間に皺を寄せ唇を真一文字に引き結び、視線を己の腰に落とす。そして右の手を添えられた勇吾自身が、内腿に触れた。

熱く硬い勇吾。

舌に蘇る感覚に腰を疼かせるのに合わせ、硬い先端がぐっと押し当てられた。狭い場所を抉るようにして、中心に押し進んでくる。

(挿《はい》ってくる……)

痛みは一瞬で、痛みを遙かに上回る快感が私の頭を覆ってくる。

「あっ、勇、吾……」

繋がった場所から拡がる悦楽《えつらく》に、なぜか体が小刻みに震えてしまう。咄嗟に勇吾の肩を摑み押し返そうとするが、そんなことで体の内側に生まれた感覚を止められるわけがない。

「痛くはないらしいな」

わずかに腰を引いて角度を変えながら確かめる。

「すごいな……痛いぐらいに俺を締めつけてくる」

おそらく勇吾自身、気持ちいいのだろう。私の内側の反応を伝えてくる声が上擦っている。

「あ、あ……っ」

内壁を擦る熱に脳が溶けそうになる。指先が痺れ口の中が乾く代わりに、勇吾を銜《くわ》え込んだ部分が、滲《にじ》み出したもので潤ってくるのがわかる。

ねっとりと勇吾に纏わりつき、奥まで導いていく。自分でも未知の場所が、勇吾を受け入れることで、違うものへと変化していくように思える。

ずるっと粘膜を擦り上げながら、猛った欲望が奥へ進んでいく。そこから生まれる疼きと熱が、勇吾の熱と混ざり合って凄まじい快感に変化する。

「ん、あ……ん、んんっ」

勇吾が腰を動かすたび、意識が飛びそうになる。腹の中をかき混ぜられているような感覚が、どうして快感に繋がっているのか。吐精感が込み上げてくるのと同時に、義姉の言葉が蘇ってくる。

『ねえ、いいでしょう？　初めてでもないでしょうし』

瞬間、背中がひやりと冷たくなって、飛びかけた意識が強引に引き戻されてきた。体が竦み上がることで、体の中の勇吾を強く締めつけたらしい。

「っ！」

一瞬、皺を寄せた眉間の凜々《りり》しさに、さらに私は煽られる。もっと深い場所に欲しくて、両足を勇吾の腰に回した。ぎゅっと力を入れた途端、勇吾が口角を上げた。

「まだ足りないのか」

荒い息とともに吐き出される言葉に私はつられるように笑う。

「何がおかしい」

「別に」

義姉との行為はあれほど嫌悪したのに、今の自分はなんだ。

「笑う余裕がなくなるぐらい、喘がせてやる」

何が勇吾の気に障《さわ》ったのかわからない。だが私の腰を抱え直すと、細かく突き上げてきた。

「あ、あ、あ……」

規則正しい動きに合わせて声が弾む。気づけば私と勇吾の手が重ね合わさっていた。指を一本ずつ絡ませた状態で、シーツに縫いつけられている。

そのシーツの波に、溺《おぼ》れそうだった。

勇吾の額から落ちてくる汗が私の胸を濡らす。ゆっくり辿って胸の突起に触れたのを目にした刹那、何かが頭の中で弾けた。

ぶるっと体が震えて、まったく触れられてもいなかった、勃起した私の欲望がそこに集めていた熱を解き放つ。勇吾は絡めていた指を解き、ドクドクと強く脈打つ性器をそのまま握った。

「いや、だ……勇吾、離し、て」

「離せ？　俺に命令するのか？　抱いてくれと言ったのはお前なのに」

小刻みにビクビク震えている先端を指で抉るように撫でながら、勇吾は私の顔を上から覗《のぞ》き込んでくる。乱れた前髪と額に浮かぶ汗がそそる。

体の中の勇吾が存在を誇示し、柔らかい内壁を擦ってくる。中途半端に同じ場所を突かれていると、もどかしさにおかしくなりそうだ。

「勇吾……」

無意識に甘えるような声で名前を呼ぶ。

（こんな甘い声が出るのか）

「達《い》かせて……」

「俺の言葉の意味がわからなかったのか？」

勇吾は私の細い顎を指で摘んだ。

「抱いてくれと言ったのはお前だ。それなりの頼み方があるだろう？」

男としての矜持《きょうじ》などとうに消え失せている。今はとにかく、体の中で爆発しそうな欲望を解放させてほしい。

「お願いだ……勇吾、達かせてくれ」

乾いた舌が唇に張りつく。

「達かせてくれ？」

私の射精を遮ったまま、勇吾は腰を突き上げ続ける。肉のぶつかり合う淫猥《いんわい》な音が、部屋の中に満ちていく。

勇吾が腰の動きを繰り返すたび、私の意識も引きずられる。もうぎりぎりだった。この状態で達けないままでいたら、本当に頭がおかしくなる。

「勇吾……」

自由になった手を、勇吾と繋がっている場所へ伸ばす。濡れてグチャグチャになったそこを指でなぞりながら、私は勇吾に視線を向ける。

そして甘えるように、ねだるように告げる。

「お願いですから、達かせてください」

ありったけの想いを込めたのが伝わったのか、勇吾はすぐには手を離さないものの、腰の動きを強くした。力任せにぶつけられる勇吾自身も、私の体内でさらに硬度を増し破裂する寸前まで張り詰めていく。

「勇吾……イか、せて……お願い……」

再度の懇願で勇吾は私を解放すると、ぐっと力いっぱい腰を抉るように律動させた。

「あああああ………っ」

やっと訪れたその瞬間に、私は全身を震わせながら欲望を発散させる。同じく、私の中の勇吾もぶるぶる小刻みに震動し、奥に解き放っていく。

勇吾は大きく息を吐いてから、私の中から己を引きずり出す。一緒に、中で迸《ほとばし》らせていたものが溢れてくる。

とろりとしたものが尻の狭間《はざま》を伝ってシーツを濡らす。粗相《そそう》をしたかのような羞恥により、完全に消えていなかった腰の奥の熾火《おきび》が燻《くすぶ》り始める。

勇吾自身の、まだ硬度を保ったまま、濡れていやらしく光る先端を目にしたら、我慢がならなかった。

「勇吾」

私が呼ぶと、勇吾は肩で息をしながら怪訝な視線を向けてくる。隙をついて腕を引き寄せると、思っていたよりあっさり私よりも大きな体は寝台に倒れ込んだ。

油断していたのだろう。その上に私が乗り上がってようやく、事態を把握したらしい。

「なんだ。まだ足りないのか」

「そうだ」

私は素直に頷き、勃ち上がった勇吾自身を手で扱き始める。そしてある程度硬さを取り戻すのを確認して、自分で後ろに先端を押し当てた。

「孝信……」

ぐっと腰を下ろすと、先端が孔の内側に入ってくる。指で少し広げると、たった今勇吾の放ったものが溢れて指を濡らす。私はその手を口元に持ってくる。とてつもなく甘く美味しそうなものに見えて、舌を伸ばした。

「孝信っ」

「何？」

どうして勇吾が、責めるような、引き止めるような物言いをするのかわからなかった。だから爪の先から指のつけ根まで、舌を使ってたっぷり嘗め上げてから、改めて勇吾のものに手を添えた。

それからじっくり時間をかけて勇吾を飲み込んでいく。先ほどとは違う角度のせいか、擦られる部分が変わって、新たな快感を呼び覚ます。

「……あっ」

たまらなく気持ちがいい。

もっと強く激しく擦りたい。

だからすべてを収めると、勇吾の腹に手を添え、自分から腰を上げていく。

まるで馬にでも乗っているような感覚だ。こんな格好で快感を覚えてしまったら、次から馬に乗るたびに思い出してしまうかもしれない。そんな不安を覚えながらも、腰を上下させるのを止められなかった。

全身から汗が噴き出し、腹や足は己の放ったものと勇吾が吐き出したもので、ぐちゃぐちゃに濡れている。でもそんなことは気にならなかった。

もっともっと深くに勇吾が欲しい。

深くまで繋がって勇吾を貪り尽くしたい。

生まれて初めての衝動に狼狽える余裕も理性もない。ただただ、勇吾が欲しくて、私は激しく腰を揺らした。

＊＊＊

鉛でも入っているかと思うほどに、自分の体が重かった。そんな体を引きずるようにして、私はやっとのことで屋敷の前にやってきた馬車に乗り込んだ。

「山城先生のところまで」

御者《ぎょしゃ》に告げると、すぐに馬車は走り出す。

わずかな振動にも体が悲鳴を上げそうになるのを、口を押さえて懸命に堪える。

(最悪だ……)

微かに開いた窓から入ってくる陽射しの眩《まぶ》しさに、溶けてしまうのではないかと思う。父の誕生日会という口実の宴会の夜から三日間、一度たりとも昼の陽射しを浴びることはなかった。

「最悪だ」

心の中での呟きをはっきり言葉にしてみると、どれだけ最悪かを思い知らされる。

何より最悪なのは、この三日の記憶が曖昧なことだ。理由はひとつ。眠る時間も食べる時間も惜しんで、抱き合っていたからだ。

だが義姉とのことも曖昧になっているのは、不幸中の幸いと言えるだろう。

翌朝、義姉はさすがに兄との家に帰ったらしい。目的を達したからかもしれないと思うと、気持ちが沈んでくる。だがこの三日間、同じ屋敷内に義姉がいたらと考えるだけでぞっとする。

今も使用人にはできるだけ顔を合わせないようにして屋敷を出てきた。使用人たちは、主人たちがどこで何をしようと知らぬ存ぜぬが基本だ。つまり、何をしているか、彼らにはばれている。

三日の間、当然ながら、一切食事をしていないわけではない。時折料理を届けてくれた福家は、私の部屋にいたのが誰か知っている。だからこそ執事である福家が、本来の仕事の範囲を越えて食事を運んでくれたのだろう。

ちなみに父は早朝、仕事に行ったまま、今日もまだ帰宅した様子はない。

勇吾は今朝になって、私が眠っている間に帰宅したらしい。衣擦《きぬず》れの音のあと、身近にあった匂いがなくなったことで、勇吾が部屋を出て行っただろうことを認識した。

まるで動物のような感覚だが、この三日は、まさに獣だった。今が休暇で本当に良かったと思う。二人の間で為されていたのは、性交というよりも交尾だ。

曖昧な中でも、情事の痕跡は私の全身にある。歩くのも億劫《おっくう》になる腰の鈍痛もその証拠だ。断片的に蘇る記憶にあるのは、素面《しらふ》であればはしたないとしか思えない言動の数々だ。

中でも鮮明なのは三日目だったか。私が意識のない間、外出でもしていたのだろう。礼服を身に着けた勇吾に抱かれたせいで、初めてのような感覚を二度味わわされた。ライティングデスクに突っ伏されて後ろから貫かれながら、私の中に一瞬とはいえ芽生えてしまった想いだ。

その想いを否定すべく、私は馬車に乗った。

向かう先は、主治医である山城の病院だ。

父とは古いつき合いらしい医者の経歴について、私はほとんど知らずにいる。だが山城の見立ては、私の知る限り誤ったことはない。

おそらく若い頃は優秀な医者として大きな病院に勤めていたのだろう。なんらかの理由で西國の主治医となり、なぜか世間から秘匿《ひとく》されている『無明』について調べていると言う。

(なんで山城は兄上に『無明』の話なんてしたんだろう?)

いまだその理由はわからない。しかし『無明』について知りたければ、山城に聞くのが一番早い。

『無明』という単語を頭の中に浮かべるだけで、鼓動が激しくなってしまう。

宴会のあの夜、私はずっとおかしかった。そこで飲酒したため悪酔いしたところに、義姉はなんらかの薬を盛ったと言っていた。

その状態で無理やり義姉に乗りかかられた結果、強烈な不快感に襲われた。だが同時に、体の芯がずっと疼いているような気がした。

決して義姉との行為で発散しきれず、欲望が燻っていたわけではないと思いたい。でも嘆かわしいことに、きっかけになったのは間違いない。

元々淡白なはずで、女の裸を目の当たりにしても急激に冷めたぐらいだ。射精したのは事実だが、それで爽快感や達成感はまったく生まれなかった。

それどころか、腰の奥に小さな火が灯《とも》ったような、もどかしさを覚えていたのだ。

そんな小さな火が、自室に満ちていた匂いを嗅いだ瞬間、さらに勇吾の顔を認識した瞬間、油を注がれたかのように燃え上がってしまった。

私に勇吾が言ったことを、あんな状況だったにもかかわらずはっきり覚えている。

『まさか……発情期か？』

なんの前置きもなく、私の反応を見て言った理由が気になってしょうがない。もちろん否定したものの、この三日のことを考えると、自分でも疑わしい気持ちになってしまった。

『『無明』には発情期が訪れる。それも定期的に、年に何度も』

『発情期には、独特の匂いを発して『優勢種』を誘うらしい』

勇吾は義姉の部屋から戻った私に言った。

『女性用の香水の匂いと混ざってわかりにくくなっているが、間違いなくこの〈匂い〉はお前から発せられている』

違う。『無明』などという化け物ではない。必死に否定しても、兄の話に勇吾の言葉が重なってしまう。何しろ勇吾は『無明』について調べたという。ならば私も否定する前に、『無明』が何かを、正確に知らなければならないと思ったのだ。

だがいざ馬車が山城医院に近づいていくと、決心が鈍りそうになった。

「悪い。やっぱり引き返して……」

「着きましたよ」

絶妙なタイミングだった。


父より年上だという山城の髪は、かなり白いものが増えていた。恰幅《かっぷく》のいい体に白衣を羽織った山城は、私の顔を見るや驚いた表情を見せ、早い昼休憩にして時間を取ってくれた。

診察室の奥へ向かうと、薬の入った小さな包みを手に戻ってくる。そしてそれを私の前に置く。

「……なんですか、これは」

訳がわからず尋ねる。

「頓服《とんぷく》薬だ。症状が出そうなときと、症状が出て辛いときに服用しなさい。気休めにしかならんと思うが、何もしないよりは状態が安定するようだ」

「先生……？」

私は何も言っていない。山城も具体的にどんな症状が出たときに服用せよ、とは言わない。

それでも薬を受け取った途端、震えてしまう私の手を、用心深く山城は摑んできた。

この三日、勇吾以外の誰とも触れ合ってこなかった。そのせいで、身構えた私をあやすように山城は優しく笑う。

「この世は不思議なものでな。わしらは人間だから、つい自分たちの視点だけで物事を考えがちだが、猫には猫の、犬には犬の理《ことわり》が存在している。その理の中では、わしらには異常に思えることも正常だったりする」

穏やかな口調で語られるたとえ話の意味が最初はわからなかった。

(もしかして先生は、私が『無明』だとわかったのか?)

驚きに目を見開くが、山城は私の反応に気づきながらも何も触れることはない。

「とはいえ、基本的にこの世は人間が住みやすいように都合よく組み立てられている……あ、人間という言い方はよくないな。上手《うま》く言えんが、わしらが普段『普通』だと思っている人たちと言い変えよう」

(間違いない。先生には一目見て、私が『無明』だとわかったんだ)

咄嗟に私は山城の手を振り払って、己の身を守るように自分で自分を抱き締める。山城はそんな私に労《いたわ》るような眼差《まなざ》しを向けてきた。

「心配はいらない。わしがわかるのは医者だからだ。他の誰が見たところで、通常の状態のときにはわからんよ」

私の心を慮《おもんぱか》って、山城は具体的な単語は口にしない。でもあえて省かれた言葉が何かはわかってしまう。

「……どうしてなんですか」

堪えられずに山城に訴える。

「私は今まで……父に『優勢種』だと言われたことを、信じてきました。これまで一度も……こんなことになったことはないんです。それなのに……どうして……」

体が震え声が上擦る。目の前が潤み、今にも涙が溢れてきそうだったのをぎりぎりで我慢する。

山城はそんな私の様子に、苦し気に眉間に皺を寄せる。

「孝信さんも知っているだろうが、存在自体隠されている以上、研究するにも調査するにも色々な障害がある。そんな状況下では、大したことは判明しない。わかっているのは、機能自体は体内に持って生まれていても、それが生まれながらに表に出てくるタイプと、第二次性徴やなんらかの衝撃があったときに、表面化するタイプが存在するということだ」

「生まれながらに……」

山城の言葉を反芻《はんすう》する。

「つまり私は……生まれながらにしてそうだったけれど、たまたまこれまで表に出ていなかっただけ……そういうことなんですか？」

「人一人をこの世に生み出す機能を、ある日突然体の中に作り出すなんていうことは、さすがに神様にもできんだろう」

(私は生まれながらに『無明』だったのか)

山城の言葉は衝撃以外の何物でもなかった。

これまでずっと自分が『優勢種』だと信じて疑わなかった。

それこそ兄の言うとおりではないか。

兄はもしかしたら、他の人が知りえない『無明』としての特徴を、弟である私の中に見ていたのか。

心を落ち着かせようと握った掌が、汗でぐっしょり濡れていた。指先も震えている。

「先生……私はこの先、どうやって生きていけばいいんですか」

この三日の間の己を思い出すだけで、絶望感に襲われてしまう。

「不安なのはわかる。さらに最初は周期が一定せず、突発的に体の変化が訪れることがあるらしい。だが慣れればいつ変化するか、ある程度の目安がつくようになる。事前に薬を飲み気持ちを安定させ、可能ならその初日と二日ぐらい静かに過ごせば、なんとか乗り切れるようだ」

山城は私の肩を優しく抱き締めてくれる。

不思議なほど、山城の手の温もりは、私に安心感を与えてくれる。

「それから、世の中で過ごす大半の人は、わしらのような凡人だ。西國の旦那様のような人は、稀にしか出会わないはずだ」

「でも……」

勇吾に反応したからには、彼は『優勢種』だということだ。でも私はぎりぎりで勇吾の名前を明かすのを堪えた。

「それから念のため言っておこう。安定しないうちに万が一誰かとことに至ったとしても、九割方、何事も起きない」

要するに、この三日、数え切れないほど勇吾と性交したが、安定していない状況だから、おそらく妊娠する可能性は低いということ。安堵《あんど》するのと同時に、「妊娠」という、これまで縁のなかった出来事が身近になっていることを痛感させられる。

突然、背筋がひやりと冷たくなる。

「多少の生きづらさはあるだろう。だがひとつ言っておく。どんな人間でも、立場が変わればものの見方も変わる。孝信さんの人生においては主人公は孝信さんだ。そのことは常に心に留めておくように」

＊＊＊

勇吾に再会したのは、休暇を終え麴町《こうじまち》霞《かすみ》が関《せき》にある海軍省に戻って一週間目のことだ。

配属部署が違うものの、同じ建物内で仕事をしている同期である以上、いやでも顔を合わせる。

そんな中で意図的に避けるのは、さすがに一週間が限度だったらしい。

「孝信」

名前を呼ばれて振り返った視線の先に、勇吾の顔を目にした瞬間、多分私は相当嫌そうな顔をしたのだろう。

「そんなに露骨《ろこつ》に嫌そうな顔をしなくてもいいだろう」

書類を抱えた私のいる踊り場までやってきた勇吾は、ため息混じりに文句を言いながら苦笑を漏らす。

「別に嫌な顔など……」

条件反射のように身構えるものの、高い位置にある窓から射し込む陽射しを浴びた制服姿の勇吾は、眩しいばかりの笑顔を浮かべている。

その笑顔の眩しさに気づいたとき、私はもうひとつのことに気づく。

(匂いがしない……)

屋敷に来た勇吾に会ったときは、部屋に満ちた匂いに反応した。だが今は、すぐ目の前にいてもなんともない。

「……信、孝信」

名前を呼ばれてはっとする。

「大丈夫なのか。ぼうっとして」

不意に額に伸びてくる手を、私は無意識に振り払う。それを見た勇吾は一瞬眉を顰《ひそ》めたものの、すぐに破顔《はがん》する。

「いつもどおりか」

「失礼な。何がいつもどおりだと言うんだ」

私と同じく安堵したような表情を見せられてついムキになってしまう。

「そう怒るな」

勇吾は苦笑を漏らしながら、私の顔の横に手を伸ばしてきた。気づけば壁を背に、至近距離で勇吾と顔を合わせる体勢になっていた。

「勇吾。何を……」

「この間、何も言わずに帰ってしまってから心配していた」

周囲には他に誰もいないものの、口を耳元に寄せ、私以外には聞こえないほど小さな声を出す。

それでも耳にかかる吐息に背筋がぞくりとする。

咄嗟に肩を竦め、勇吾の胸を押し返す。

「こんなところでする話じゃない」

赤く染まっているだろう顔を見られたくなくて俯いた私に、勇吾は「そうだな」と応じると、顔を上げた。

「それなら仕事のあと、うちに来ないか」

「え」

階下にいる人に聞こえるような声で言われるが、どうしてそういう話になるのか意味がわから

ない。

「明日は休みだ。旧交を温めるべく語り明かそうじゃないか」

「私は……」

断ろうとすると、私の耳元に再び口を寄せてくる。

「嫌だと言うのなら、この場で話をしても俺は構わないんだが？」

意味ありげに笑う勇吾に苛立ちを覚える。そういう風に言われたら断れるわけもなかった。


仕事を終え背広に着替えて向かった勇吾の家は、市電に乗って三十分程度の場所にあった。

定食屋が一階にある二階部分の下宿は、時代がかった木造の和室だった。

兵学校での経験を経て、私は自分がどれだけ恵まれた生活を送っていたかを実感させられた。

勇吾の部屋もおそらく標準的な部屋なのだろう。殺風景で物が極端に少なく、部屋の中央にちゃぶ台がひとつ置かれているだけだった。

だが。

「なんだ？　古いが掃除はしているから座っても問題ないぞ」

帰宅してすぐに着物に着替えた勇吾は、下の定食屋で買ったものをちゃぶ台の上に置くと、棚の中から日本酒の一升瓶とグラスを用意した。

「……成澤の立ち上げた会社は、今や飛ぶ鳥落とす勢いだと聞いている」

「親父は親父、俺は俺だ」

私の呟きに先にあぐらで座った勇吾は顔を上げることなく応じ、栓を開けた一升瓶から酒をなみなみと注いでいく。

「どうせ寝に帰るだけだ。そのための場所さえあれば十分だろう」

「そう、だな」

海軍省への配属が決まったものの、私は意地でも実家へ戻るつもりはなかった。だから四谷《よつや》にあった屋敷を譲《ゆず》り受けた。

平屋の和風建築で、居間兼応接間と寝室の二部屋のみの質素な造りだが、ここと比較すれば豪華だと言わざるを得ない。

食事についても同様だ。

自分はどれだけ当たり前のように「特別」な待遇を受け入れていたか。

己の無知を恥ずかしく思いつつ、私はその場に正座すると、勇吾の手から酒の入ったグラスを受け取った。

「口に合わないか?」

が、あの日以来の酒ゆえに、飲むのに躊躇した。だから軽く口をつけるだけでグラスを下ろすのを、勇吾は見逃さなかった。

「いや。すきっ腹に飲むと悪酔いをするから」

「そうか。それならどんどん食え。見た目は悪いが味は絶品だ」

勇吾はそう言って、大口を開けて料理をかっ込んでいく。豪快な食事の仕方は、西國の家にいた当時は見られなかった。

きっとあの頃、勇吾は本当の自分を押し隠して過ごしていたのだろう。

「孝信」

名前を呼ばれて顔を上げると、勇吾の箸《はし》で摘んだ天ぷらがあった。

「な」

「食え」

「い、いい。自分でやるから……」

「遠慮するな。いいから食え」

しばし押し問答しても勇吾は譲ろうとしなかった。仕方なしに恐る恐る口を開くと、勇吾は満足気に天ぷらを押し込んできた。

ただ、食べさせられているだけの行為なのに、なぜか淫靡《いんび》な行為に思えてしまうのは、あの日のことがあるからだろう。

ほんの数秒にもかかわらず、永遠にも思える時間を早く終わらせたくて、私は途中で強引に天ぷらに歯を立てて箸から奪い取った。

「いい食いっぷりだ。西國の料理人と比べても美味《うま》いだろう?」

もぐもぐと咀嚼《そしゃく》すると急いで飲み込んだ。正直味などよくわからない。

「……お前の話を聞く前に言っておくことがある」

「食事を終えてからでいいだろう」

「話のあとで食事を楽しめ」

「仕方ないな」

私が揃えた箸を台に置くのを見て、勇吾はあぐらをかいた膝の上に立てた肘に顎を置いた。

「で？」

私はぐっと腹に力を入れた。

「――私はお前の言う『無明』などではない」

勇吾の眉が上がる。

「勘違いしているようだからあえて訂正しておく。あの日は、お前に会う前に義姉と飲んでいて、悪酔いしたところに服用した薬の副作用でああなっただけだ」

思い出したくもない記憶に、思わず正座した膝に立てた指に力が籠《こも》ってしまう。

山城に聞いた話を忘れたわけではない。気休めだと言われて渡された薬も、毎日欠かさず服用している。それでも私は必死に否定していた。

自分は『無明』などという化け物ではないのだ、と。

「なんの薬だ」

「詳しいことは知らない。だが義姉曰《いわ》く、上流階級の間で流行《はや》っている物らしい」

「そんな危ない薬を飲んだのか？」

「自分の意思じゃない。酒に混ぜられたものを知らないうちに飲まされただけだ」

「それにしても……」

勇吾は険しい表情を見せる。

「とにかく、そういうわけだから、お前の認識を改めてもらいたい」

そこまで言った私に、勇吾は鋭い視線を向けてくる。

「言いたいことはそれだけか？」

「そうだ」

「まあ、お前が言わんとすることはわかった」

思いのほかあっさり勇吾は私の話を受け入れた。

「が、『無明』じゃなく薬の副作用だったにせよ、お前という人間が俺という人間に抱かれた事実に変わりはないな」

否、訂正しよう。受け入れたわけではない。

「な」

「事実だろう？」

狼狽える私に勇吾は確認してくる。答えを求めているわけではないのは、その瞳を見ればわかる。

「西國の屋敷から、状態が落ち着いたと判断したからとはいえ、何も言わずに帰ったことを申し訳なく思っていた。大人しく俺の家に来たから、すべて受け入れたのだと思っていたが……お前の頑固なところはわかっていたつもりでいたが、思っていた以上だな」

勇吾は笑いながら己の顎をしゃくった。

「とにかく、そういうことだから……」

「だから？　いずれにせよ、お前が俺に抱かれたのは事実だ。それも一度や二度じゃない。あの三日間、寝るのも食うのも惜しむようにして、俺を貪ってきたのはお前のほうだったのを、忘れたわけじゃないだろうな」

勇吾の指摘に、全身が震えた。

記憶が曖昧だろうとも、三日間の出来事を忘れたわけではない。なんと言えばいいかわからず、私は無意識に唇を噛み締める。

「西國の後継者とも噂される、当主の自慢の海軍士官である孝信坊ちゃんが、男に抱かれたという事実が明るみになったら、どうなるだろうな」

「勇吾……お前」

「たとえ話だ」

勇吾は膝を立て、私の横へ移動してくると、顎を指で摘んできた。

あのときほどの熱さは感じない。でも触れられた瞬間に鼓動が高鳴るのは変わらない。

「他の人には知られたくないか」

「当然だ。お前は違うのか？」

「お前が知られたくないと言うのなら、黙っていてやってもいい」

視線と視線が逸らせない距離で互いを凝視する。

「ただそれも、お前次第だ」

何をしろと勇吾は具体的には言わない。しかし顎を摘んでいた指を離した手が、ゆっくりと私の体へ移動してくる。その猥雑《わいざつ》な動きだけで、勇吾の言わんとしていることが伝わってくる。

激しい羞恥と屈辱に、やっとのことで落とした視線の先に、大きくはだけられた裾から、勇吾の足が見えた。筋肉の筋の浮き上がった太腿。その奥に隠された場所。

あの日、何度も私が求め、腰を突き上げた灼熱の肉を思い出した瞬間、あの日とは違うものの、間違いなく体が熱くなるのを感じた。

軽い眩暈を覚えながらも、私は覚悟を決める。顔を上げると、勇吾の肩を押し返す。油断していたのか、あっさりその場に腰をついた勇吾の膝を、大きく左右に開く。

私が何をしようとしているかわかっただろうが、勇吾は何も言わない。しかし抵抗もしない。

私は自分の中に芽生える躊躇いを無理やり振り払い、勇吾自身のものを引きずり出した。

「……涼しい顔をして、こんなに勃起させていたのか」

揶揄《やゆ》するように言ったのは精一杯の虚勢だ。

「しょうがないだろう。俺はお前が許すなら、いつでもどこでも抱きたいと思っている」

平然ととんでもないことを言い放つ勇吾を一睨みしてから、私は勇吾のものを口に含んだ。


これがきっかけとなって、勇吾はまさに「ところかまわず」私に関係を強《し》いてくるようになった。

とはいえ、最後までするこ とはあの日以来一度もなく、大体の場合は互いのものを扱き合って達したところで終わる。ごくたまに、勇吾の手が後ろに伸びてくることもあったが、咄嗟に私が体を強張らせるのを察してか、孔の周辺を撫でる程度で終わった。

そのことに安堵しつつも、もどかしく思ってしまう自分に驚き、嫌悪していた。

だが不思議なことに、そんなふしだらな関係も、継続することで私の中で「当たり前」となってしまう。

だから山城からもらった薬が手元になくなっても、追加でもらいに行くことなく過ごしてしまった。自分は『無明』ではない。そう信じたい気持ちもあった。

そんな関係がほぼ二か月続いた、ある仕事の昼休み、人目を盗んだ場所で勇吾のものをしゃぶっていたとき、偶然近くを通りかかった人の声が聞こえてきた。

「……軍務局の西國だろう？」

不意に呼ばれた名前に、私は硬直した。

（見られた？）

省の裏にある、手入れがされていない資材置き場の奥まったところにある、鬱蒼《うっそう》と草木の茂る場所だ。まさかこんなところに、人が来るとは思ってもいなかった。

勇吾は咄嗟に私を庇うように抱き締めてきた。そんな勇吾の胸元に頬を押しつけられることで、勇吾の鼓動と温もりが伝わってきた。

（不思議だ。あの日、眩暈がするほど濃厚だった匂いが、今は安堵するような匂いに感じられる）

「西國の後継者として、本決まりになったらしい」

不安なままにじっとしていると、続いて聞こえてきた話で、誰かに見られたわけではないことがわかる。

「聞いた聞いた。今の当主が会社関係者に対して公表したんだったな。長男飛び越しての大出世だ。まったく羨《うらや》ましい話だ」

草木を踏み締めながら、誰かはわからない彼らは、その場から離れていく。

声が聞こえなくなっても、しばらく勇吾は抱えた私の体を離そうとはしなかった。

「見回り、だったようだな」

そして勇吾はぼそりと言う。

「元々ここを俺が見つけたのも見回りのときだ。次からは気をつけたほうがいいのかもしれない」

あえて彼らの話の内容には触れない勇吾の腕の中から、私はゆっくり逃れた。

「――こうしていられるのも、あとわずかのようだ」

「どういう意味だ」

強い責めるような言い方に驚いて顔を上げると、勇吾は私を睨んでいた。

「お前も聞いていただろう、今の話を。この間の父の誕生日を兼ねた宴会のときから、いつかこうなるのはわかっていたことだ」

「あの宴会のときに何があった?」

改めて問われて思い出す。

そうだ。勇吾は宴会に誘っていたが、来るのが遅かったため、直接私の部屋に来たから、父の話は聞いていないのだ。

「今の話とほぼ同じだ。私は父の束縛が嫌で軍に逃げたつもりでいた。しかし父にしてみれば、私が軍に入ったことは、将来自分を継ぐために必要なひとつの過程としか思っていなかったんだろう」

誰とどう繋がっているのかは知らない。

しかし、軍に入ると言ったとき、あっさり許可されたのも今ならわかる。陸軍ではなく海軍へ配属させられたのも、その後海軍省へ配属されたのも、父が裏で手を回していたからだ。実際に省へ配属されてからも、上官になればなるほど、私に対する態度が遠慮がちになるのも納得できる。

「それでいいのか」

勇吾はさらに聞いてくる。

「親は親、子どもは子どもだと俺に言ったのは、ほかでもないお前じゃないか」

「忘れるわけがないだろう」

「だったら……」

「『この先、孝信様が怪我をされないために、近くで守ります』そう言ったくせに、私の前から姿を消したのはどこの誰だ」

私を庇って火傷をした勇吾が誓った言葉だ。勇吾は一瞬怯んだようだが、すぐに自分を取り戻した。

「それは今、関係ないだろう」

勇吾は私の腕を痛いほどに摑む。

「家に戻ることは、百歩譲ってよしとしよう。でもそれで、どうして『こうしていられるのもあとわずか』なんて言うんだ」

「私が西國の家に戻れば、勇吾とは敵対関係になる。だから」

勇吾は人に理由を話させておきながら、強引にその唇を塞いできた。

「……っ」

噛みつくような乱暴さで、貪られるような感覚を味わう。

当然のように口腔に入ってきた舌に上下の顎を探られる。慣れた動きにすぐに私の体は熱くなってしまう。

だがここで流されたくはない。

「やめ、ろ！」

必死に堪えて勇吾の胸を押し返したつもりだった。しかし思い切り払った爪が、勇吾の唇の端を掠めてしまったらしい。

瞬間、過去の記憶が蘇る。

成澤の離反により、勇吾が西國の家を出て行ったときの光景だ。勇吾は微かに血の滲む唇を嘗めてからふっと笑う。

『「接吻《せっぷん》するの、初めてだろう？」』

そして同じ光景を思い出したのだろう。あのとき、勇吾が発した言葉を繰り返すその表情は、背筋が寒くなるほど冷ややかなものに変わっていた。

「勇吾」

「俺は今も、お前が『無明』だったらいいと思っている」

「な……っ」

「お前が『無明』なら、散々抱いたら、俺の子どもを生ませることができるかもしれない」

まるで、頭を何かで殴られたような衝撃を覚えた。同時に、痛くもないはずの腹が痛んだような気がして、体の血液が一気に下がっていく。

「勇吾……」

口の中が乾き、強烈な眩暈を覚える。足元がふらつく私の体を、勇吾は支えてくれる。

「悪い」

そして小さな声で謝った。

「もう、二度としない。誓う」

＊＊＊

翌日、風邪でも引いたのか、体調の悪さに私は仕事を休んで寝込んでいた。

ただ熱があるわけではなく、とにかく倦怠感《けいたいかん》と嘔吐感がひっきりなしに襲ってくる。

夕方にやっと起き上がれるようになっても、食欲はないままだった。

それでもせめて水でも飲もうと起き上がったところで、来客を知らせる呼び出し鈴が鳴った。

「誰だ一体」

そう口にした私の頭に浮かんだのは勇吾の姿だった。すぐに打ち消してから、寝間着《ねまき》にガウンを羽織っただけの状態で玄関の扉を開けた。

「どうしたの、そんな格好で。お休みだったのかしら」

私はその瞬間、言葉を失う。

「義姉上……」

訪問着姿の義姉が連れもなく一人で立っていたのだ。

「突然にごめんなさい。どうしてもお話ししたいことがあって」

穏やかな笑顔を見ていると、あの日のことが蘇ってきて胸が締めつけられるように苦しくなる。

「連れの方は、いないんですか？」

「ええ。車を呼んで一人で参りましたの。お部屋に上がってもいいかしら？」

「……どうぞ。散らかっていますが」

元々高貴な家の出で、義弟の家とはいえ、たった一人で外出するなんてことは通常ならあり得ない。

その状況でさすがに追い返すわけにはいかず、私は義姉を家に招き入れる。

とりあえず応接間に案内すると、淹《い》れたお茶を出した。

「本当にお一人で生活されているのね。ご実家に戻られたほうが何かと楽ができますのに」

「兵学校時代に鍛《きた》えられましたから」

シャツとスラックスに着替えた私は、テーブルを挟んで義姉の前に腰を下ろす。

「ところで、お話とは……」

「ああ、そうでしたわね。私、孝信さんの子どもを身籠《みごも》りましたの」

義姉の言葉で、時が止まった。

驚きのあまり硬直する私とは裏腹に、義姉は幸せそうな笑みを浮かべる。

「まだ山城先生には診《み》ていただいていませんが、これでもう何人も子を生んでいますから、経験上間違いありませんわ」

私は思わず、義姉が擦る彼女の腹を見つめる。

「まだ見てもわかりませんよ」

視線に気づいただろう義姉はおかしそうに肩を揺らす。

「でもご安心なさって。あのときにもお話ししたように、この子は邦孝さんとの間の子として育てます。もちろん、邦孝さんもご自分の子でないことはわかっていますけれど、絶対に何か言うことはありません。ご自身に後継者ができたことを、きっと喜ばれるでしょう」

義姉はそのあとも話し続けていた。産まれる子は男に違いないと決めつけているようだ。

どうして私には義姉の言葉が理解できないのか。どうしてこの人は、不貞によってできた子について、こんな風に嬉しそうに語れるのだろう。

「……ですから孝信さんにも、そのつもりでいてもらいたいの」

突然、義姉は私の手に自分の手を重ねてくる。生温かく異様なほど柔らかく感じられるその皮膚の感触に、体じゅうが総毛立った。

「貴方の遺伝子は本当に素晴らしいわ」

続く言葉で、私は義姉の手を払ってその場に立ち上がる。

「あらあら、どうしたのかしら。お顔が真っ青よ」

おそらく義姉は何もかもわかっている。わかった上で私の反応を楽しんでいるのだ。

「すみません……今日は体調が悪くて仕事を休んで寝込んでいたものですから」

込み上げる嘔吐感を堪えて言葉を紡ぐと、義姉はわざとらしく「そうだったわね」と声を上げた。

「ごめんなさいね。一刻も早くこのことを孝信さんにお伝えしたかったの。お義父様には帰宅してからお話しする予定です」

義姉は、車を呼ぶという私の申し出を拒み、来たときと同じように一人で帰っていく。その後ろ姿が見えなくなってすぐ、私は玄関の柱に背中を預けた状態で崩れ落ちる。

それから両手で顔を覆う。

義姉の腹に、自分の血を継ぐ子がいる。想像するだけで、強烈な嫌悪感を覚えた。子に罪はない。だがあの日のことを思い出すだけで、死んでしまいたいような絶望感に襲われる。義姉と自分の血を引く子どもを、兄が自分の子として育てるという異様な未来も理解できない。

自分の体が突然汚らしく思えた。

あの日も同じ。義姉の部屋を出た直後、嫌悪した感情が生まれた。

(どうしたらいいんだ……)

助けてほしい。

咄嗟に浮かんだのは勇吾の顔だ。

『俺はお前が『無明』だったらいいと思った』

子どもの頃、誓ってくれた言葉は、今も私の胸の深い場所にある。私を苦しめるのも勇吾だが、江田島《えたじま》で再会してから、さりげなく私を助けてくれたのも勇吾だ。

「勇吾……っ！」

だから、思わずその名前を呼ぶ。

「どうした、孝信！」

驚きに目を見開く。

夢、かと思った。たった今、私の呼んだ男が、目の前に立っている。

額に汗を浮かべ肩で息をしながら、手には海軍省近くにある寿司屋の包みがあった。

「なんで……」

うわ言のように尋ねると、勇吾は狼狽えたように額を拭う。

「仕事を休んでいたから、体調でも崩したのかと思って様子を見に来たんだが……」

視線の高さを合わせるように、私の前に膝を突く。その瞬間、ふわりと漂ってくる匂いが私の全身を包んだ。

そのまま私を抱き上げた勇吾は、寝室の寝台にまで運んでくれる。そして当たり前のように唇を重ねていく。

貪るようなものではなく、唇を触れ合わせるだけの優しい口づけが、何度も繰り返される。互いの唇を交互に食み、柔らかく引っ張る。蕩《とろ》けそうに甘い口づけだけで、体と心が満たされていく。

それでも、口づけで終わるのは嫌だった。

だから私は勇吾の着ている上着を脱がせ、シャツの釦に手を掛ける。だが勇吾はそれを優しく阻《はば》む。

「どうして……」

口づけを終えるのが嫌で、軽く重ね合わせたまま不満を訴える。その言葉に、勇吾は眉尻を下げ、やんわりと私を自分から引き剝がした。

「この間、お前に誓ったのを忘れたのか」

『もう、二度としない。誓う』

勇吾の言葉を思い出すが、納得できない。

「忘れた」

「孝信……」

「私に触れたくないのか」

「そんなわけ、ないだろう」

直接問うと勇吾は否定する。

「だったら……」

「でもお前を傷つけたくない」

「私がいいと言ってもか」

答えは変わらない。

「抱いてくれと、頼んでも駄目なのか」

勇吾の決意は固いらしい。初めてのときと同じように頼んでも、勇吾は私の言葉に悲しそうに笑うだけだ。

そんな顔を見ていたら胸が締めつけられ、目頭が熱くなった。そして気づいたときには涙が溢れ出していた。

「どうした……」

「お前が悪い」

情けない泣き顔をそのままに、私は乱暴に勇吾のシャツの裾を力いっぱい左右に引っ張った。釦が飛び散って胸元が全開になる。

「孝信、何を」

基本的に華奢《きゃしゃ》な体の私とは異なり、成長した勇吾の体は、見惚れるほどの筋肉に覆われていた。その肩には、皮膚の引きつれたような火傷の痕が残されている。兵学校時代は、あえて見ないようにしてきたその痕に、私はそっと手を伸ばす。

考えてみれば、勇吾は私を抱くとき、全裸になることはほとんどなかった。余裕がないからだと思っていたが、おそらく違う。この痕を私に見せないためだ。

勇吾が私を庇ってこの傷を負ったあの日以来、こうして間近で目にするのは、初めてかもしれない。

震える指で触れてから、唇を寄せる。その瞬間、勇吾がびくっと体を震わせた。それがわかっても私は顔を上げることなく火傷の痕に口づけを続ける。

軽く唇を寄せ、ときどき舌を伸ばす。

「世の中、何もかもが信じられなくなって足元が揺らいでも、この痕だけは確かだ」

「孝信……」

「勇吾が助けてくれたから、今の自分がいる」

穢《けが》らわしくて化け物かもしれない自分でも、勇吾が助けてくれた命だ。

そう思うことで、絶望感から救われる。


翌日、私の身を案じた勇吾とともに山城のもとを訪れた。そして待合室で待つという勇吾を置いて診察室に入った私の顔を見て、休診日にもかかわらず診察に応じてくれた山城は、前回のときと同様に、いや前回以上に驚いた顔を見せた。

「いただいた薬がなくなってしまいました。もっと早くにもらいに来るべきだったんですが、またもらえますか？」

私の言葉に山城は一瞬黙った。

「この間、体の変化が安定していないとき事に至ったとしても、九割方何も起きないと言ったのを覚えているか？」

「はい、もちろんです」

その言葉に安堵した私の手を山城が握る。

「落ち着いて聞きなさい。どうやらその一割が起きたようだ」

「え……？」

何を言われたのか、私はわからなかった。だから山城に確認する。

「一割のことって、なんですか？」

私の問いに山城は険しい表情を見せる。

「私は男です。そんな私が……」

「孝信さんは『無明』だ」

山城は初めて、私に向かってはっきりその単語を口にする。

「先生……」

「『無明』の人間は、男だろうと女だろうと、性交した相手との間に子を為すことが可能だ。発情期の性交において、強い快楽を覚えれば覚えるほど、さらにその相手が番《つがい》だった場合、妊娠する可能性が高いと聞いておる」

「番……？」

初めて耳にする単語だった。

「番ってなんですか」

「本当に申し訳ないが、わしにも詳しいことはわかっておらん。そのわしが理解している中で言うなら、番は『無明』にとって『運命の相手』だ」

「運命の相手……」

「その相手がどういう基準や判断で決まるのかは、『優勢種』ということ以外はわかっていない。だが当事者、特に『無明』にはわかるらしい。そのひとつが、性交時における強烈な快楽だ。発情期には誰彼構わず性交したい衝動に駆られる『無明』だが、必ずしも性交において快楽を覚えるかと言えば、そういうわけではないそうだ。だが番とは違う。発情期でなくとも性交したいと強く思う上に、その匂いを嗅《か》ぐだけで身も心も安心するそうだ」

山城はまるで私のことを見たかのように語る。要するに、あまりに身に覚えのあることばかりが話されているということだ。

勇吾に最後まで抱かれたのは、屋敷でのあのときだけだ。だが回数を覚えていないほど交わって、体内に勇吾の欲望を放たれている。勇吾も望んで私も望んだ。記憶が曖昧でも、あのときに信じられないほどの快楽を覚えたのは間違いない。

「大丈夫かな」

山城に肩を叩かれ、私は顔を上げる。

「……妊娠……いえ、その一割のことが起こった場合、どうなるんですか」

声を発するのも辛い。心臓が今にも口から飛び出てきそうだった。

「症状は大きくは女性のそれと変わらない。だが『無明』の場合は、まず次の発情期が訪れない。だからといって性交できないわけではない。したいと望むのであれば可能だったはずだ」

山城はそこで一度言葉を切ると、棚の中から小さな手帳を取り出して頁を捲った。

「それから……風邪を引いたときのような症状が初期に出ることが多いようだ。そのうちに倦怠感が強くなり、吐き気を催すようになり、味覚や嗅覚《きゅうかく》も変わると聞く。腰痛がひどくなる頃には、腹が出てくるだろう」

『私、孝信さんの子どもを身籠りましたの』

突然に義姉の言葉が鼓膜に蘇ってきて、強烈な吐き気を覚えた。

慌てて両手で口を覆う私の背中を、山城が撫でてくれる。

「不安な気持ちはわかる。だがとにかく心を落ち着かせて、安静に過ごされなさい。色々なことはゆっくり考えていけばいい。今は体を大切にするのが一番だ。わしもできるだけ力になるから」


診察室から待合室に出ると、すぐに勇吾が立ち上がった。

「どうだ。先生はなんと言っていた？」

心配そうな勇吾の顔を見た瞬間、泣いてしまいそうな気持ちになる。

「風邪らしい。あんな場所にお前が誘うからだ」

だが懸命に堪えて私は作り笑いをする。

「薬はいらないそうだ。とにかくしばらく静養するようにとのことだから、仕事を休まねばならない。どうせなら、このタイミングで退職するかな」

「嘘だ」

冗談交じりに言った私の手を、勇吾は痛いぐらいに摑んできた。

「嘘って何が……」

「お前が嫌がるのを承知で言う。頼むから怒らないで本当のことを教えてくれ」

「だから何が」

突然真顔で言ってくる勇吾に戸惑いを覚える。そんな私に勇吾が言う。

「妊娠しているんじゃないのか」

「……勇吾」

心臓がうるさいほどに鳴った。

「前に言っただろう。わかる限りだが、『無明』について調べたと。だから俺は孝信が否定しようとそうだと思っている。俺自身が『優勢種』という自覚はなかったが、お前の反応を見てそうなんだとわかった」

勇吾の掌が熱い。

「俺はお前の絶対的な味方だ。子どもの頃から変わらず、お前を守りたいと心から思っている。だから、俺を信じて本当のことを教えてくれないか」

私を見る勇吾の瞳に嘘はない。真摯《しんし》な言葉に心が震える。

それでも、言えない。私ですら受け入れられない、信じられない現実に、勇吾を巻き込んでしまっていいのか。

「孝信さん。よかった、まだいたね」

診察室の扉が開き、山城がやってきた。勇吾の姿を見て、一瞬だけあっと驚いたような顔を見せながら、すぐに私に向き直る。

「泰邦さんから電話があって、すぐに本家に顔を出すようにとのことだ」

＊＊＊

「山城のところに通っていたようだが、どこか調子でも悪いのか」

「少し風邪気味だっただけです」

前回父と顔を合わせたのは、誕生日という名目の宴会のときだ。あれから三か月近くぶりに会う父は、さらに老けたように感じられる。

「体調が悪いときに一人暮らしは不便だろう。いい加減に意地を張らず、この家に戻ってきたらどうだ。もちろん、譲ったあの家はそのまま使って構わん」

屋敷の一階の日当たりのよい場所にある父の書斎で、珍しく父親めいたことを言われても、まったく胸に響いてこない。本音はその裏にあるのがわかっているからだ。

私が山城のところにいることを、どうして父が知ったのか。

考えるまでもない。主治医である山城の医院近くには、父の息のかかった人間が多くいるということだ。

父が私を呼び出したのは、おそらく後継者の件を話すためだろう。

勇吾には帰るように言ったが、一緒に行くと譲らなかった。だから話を終えるまで、私の部屋で待機させていた。

体調の悪さは変わりなく、むしろ父を前にしてさらに悪くなった。とにかく自分の体のことを、父に知られてはならない。

だからできるだけ虚勢を張る。

考えてみれば、子どもの頃から父の前に立つときは、常に虚勢を張っていた。

「ところで、この間の宴会に出席されていたとある政界の重鎮《じゅうちん》が、お前にとても興味を持たれたようだ。孫にちょうどお前に釣り合う年齢の女性がいるようで、ぜひお前に紹介したいと内々に打診があった」

「……父上？」

「この機会にその孫娘を嫁にもらい、後継者としてわしを支えよ」

覚悟していた以上の話に、私は思わず絶句する。

「しかし私には海軍の仕事が」

「そんなもの、退めればいいだけの話だ」

父は私の人生であるにもかかわらず、わがことのようにあっさり言い放つ。この家にいる限り、私は父の手駒のひとつに過ぎない。

最初は兄という駒を使っていた。しかしその駒が使えないとわかると、あっさり私という駒に乗り換えた。

おそらく私が使えなければ次の使える駒を探すのだろう。

父にとって息子とはその程度の存在だ。わかっていても、腹立たしさが湧き上がってくる。

「父上の後継者には、兄上か、もしくは兄上の子息がなるべきではありませんか」

それでも懸命に堪える。

「邦孝は駄目だ。わしの血を引いた息子でありながら、あいつは凡人に過ぎない」

(やはり父は、『優勢種』という言葉の意味がわかっているのか)

吐き捨てる父の言葉に、漠然《ばくぜん》と実感する。『優勢種』を知っているなら、当然『無明』も知っているに違いない。

「そういえば瑠璃子《るりこ》が身籠ったそうだが、男かどうかもまだわからん。瑠璃子は絶対に男だと言い張っているがな。実際男が生まれても、わしの後継者たりえるまでに育つには時間がかかる。それに子どもが男子だった場合は、お前に子どもの後見になってもらわねばならんだろう」

「どうして私が……」

兄の子であれば、兄がなるべきなのに。

「瑠璃子は生まれてくるのは、お前との間の子だと言いよった」

雷にでも打たれたかのような衝撃が、私を貫く。

「そんな、嘘を……」

「昨夜瑠璃子がわざわざ身籠ったことを言いに来た。だが邦孝には失望しているから、子が生まれたところで意味はないと言った。そうしたら瑠璃子は、お前との間の子だから、生まれた子が男子だった場合には、後継者にすると約束してくれと迫ってきた」

(誰にも言わず、兄との子として育てると言っていたのに……)

頭の中が真っ白になる。

「だが表向きは邦孝の子として育てると言っていた。邦孝自身も了承しているらしい」

「あれは大したタマだ。このわし相手に真っ向から己の子を使って駆け引きを仕掛けてきた。男だったら、わしの会社で使ってやるところだ」

父は義姉のことが気に入ったらしい。

「西國の家を守るためには、強い指導者としての血を引く者が一人でも多いほうがいい」

全身から嫌な汗が噴き出してきた。

父は、あろうことか、己の夫の弟と不貞を働き子を為した義姉を、褒めたたえている。信じられない発言に、私の足元が急速に揺らいでいく。

私にとって西國の家は、何よりも誇るべきものだった。それと意識したことはないが、家を出て再認識させられたことは多い。

成澤の謀反以降、父には敵が多い。

しかし父がこれまでに為してきたことは、近代のこの国において必要なことばかりだ。

ある一定の年齢になるまで、私にとって父は遠い存在でしかなく、父に認めてもらえることを目標にしていたほどだ。

そんな過去を否定はしない。

海軍省で父が公《おおやけ》に私を後継者として話したと知ったときですら、外堀を埋められている事実に苛立ちを覚えても、絶対に嫌だとは思わなかった。

だが今は違う。

目の前にいる父が、今までと違う存在に思えてきてしまった。

それだけではない。西國という名前に、激しい嫌悪も覚えている。

無意識に私は腹に手を添えていた。

今、ここに宿っているかもしれない新しい命によって、私自身が変わってしまったのかもしれない。

不意にとんでもない考えが浮かび上がる。

(そうか……ここで『優勢種』ではなく『無明』だと言ったらどうなる?)

『優勢種』であることが絶対の父だ。

後継者にと公にした自慢の息子である私が『無明』だと言えば、当然のことながら凄まじいほどのショックを受けるだろう。

それだけではない。私を後継者にすることも、義姉の子を後継者にすることもなくなる。

私の望む結果だ。

でも——同時に、父は私を罵倒《ばとう》するだろう。己の血筋に『無明』が存在する事実は、おそらく父自身をも貶《おとし》めることを意味するからだ。

私自身、自分が『無明』だと認められていない。山城に身籠ったと言われたところで、実感はまったくない。ただ、体調不良なだけだ。

父に己が『無明』だと告げることは、自分が『無明』だと認めることにもなる。

勇吾にすら『無明』でないと言い張っている。それは私にとって最後の矜持と言える。それを自ら崩していいのか。

(いいのか、それで)

だが今の状況を打破する方法は、他にはないこともわかっていた。

私の矜持などどうでもいい。父に罵倒されることぐらいどうということはない。

何よりも揺らいだ足元を固めるためには、この状況を変える以外にない。

掌に汗が滲む。

速くなる鼓動に、呼吸も荒くなる。

銀色に光る視界に負けそうになりながらも、汗の滲む掌を強く握り締める。覚悟を決めて口を開こうとしたとき。

「駄目です。今、旦那様と孝信様が……」

部屋の外からさわがしい声が聞こえてきたかと思うと、バンッという大きな音とともに扉が開く。そして勇吾と、その勇吾を引き止めようとする福家が入ってきた。

「何事だ、一体」

「申し訳ありません、旦那様」

突然の乱入者に声を上げた父に、福家は慌てて頭を下げる。

「今はお二人で大切なお話し中だと何度も申し上げたのですが、どうしても旦那様にお話がしたいと聞き入れて下さらず……」

「福家さんは悪くありません。俺……いえ、僕が、押し切っただけです」

勇吾はよく通る声で言うと、父の前にいる私の隣に立つ。

「なんで……」

驚く私に対して、黙っているようにと目で合図する。

「何者だ、お前は」

成長した勇吾の姿を見ても、誰かはわからないのだろう。

怪訝な視線を向ける父に、勇吾は深々と頭を下げたのちに姿勢を正して敬礼する。

「大変ご無沙汰《ぶさた》しております。かつて大変お世話になりました、成澤勇吾です」

「成澤……？」

その名前を口にしてから理解したらしい。

「貴様、あの成澤の息子か！」

ものすごい勢いで父は立ち上がる。

「よくもこのわしの前にやって来られたものだな。福家！」

「はい」

「どうしてこいつを屋敷に通した？」

「それは……」

「僕が孝信くんに無理を言ってお願いしました。西國様に会ってお話ししたいことがある、と」

困った福家の代わりに勇吾は答える。

「孝信に？」

「はい。江田島で偶然再会し、今はともに海軍省に配属されております」

さすがに父は、成澤の息子が海軍にいることまでは把握していなかったらしい。

「孝信。本当か？」

「はい」

「どうして黙っていた？」

「海軍同期に誰がいるかなど、伝える必要があるとは思っていませんでした」

これまで私がどこで何をしようと、父は気にしたことはない。後継者として考え始めてようやく、私が息子だったことを思い出した程度だ。

「だが、成澤の息子だ。成澤だぞ！　奴が何をしたかお前も知っているはずだろう。そんな男の息子が……」

「だからこそ、申し上げませんでした」

私自身驚くほど、淡々と父に応じることができる。

理由は明らかだ。隣に勇吾がいるからだ。どういうつもりで勇吾が私の部屋を出てこの場に出てきたかわからない。それでも勇吾の存在が私を強くしてくれる。

「どういう意味だ」

「今のように父上が激昂《げっこう》するのがわかっていたからです」

「当然だ。成澤の息子だ」

「そうです。でも勇吾が江田島に来たのは彼の意思であり、父上の仕事とは関係ありません。そしてそんな江田島に行かせたのは、父上です」

軍に入ったのは自分の意思だが、海軍を選んだのは私ではない。

そこで父はぐっと堪えるが、不機嫌な表情のままどかりと椅子に座り直す。

「成澤の息子。私に話したいこととはなんだ」

「ありがとうございます」

勇吾は父に感謝の言葉をまず述べてから、ちらりと私に視線を向けてくる。穏やかな眼差しに、私は息を呑んだ。

(何を言うつもりなんだ?)

「孝信さんを、僕にください」

「……勇吾?」

前置きもなく告げられた言葉に、私は目を瞠《みは》る。

(この男は、今、一体何を言った?)

「貴様は今、何を抜かした?」

私の心の言葉と同じ台詞《せりふ》を父が口にする。

「ご子息である孝信さんを、僕にくださいと申し上げ……」

しかし父は、自分からなんと言ったのかと聞いておきながら、勇吾に最後まで言わせなかった。

手近にあった万年筆を勇吾に向かって投げつけたのだ。

ぎりぎりで勇吾自身には当たらなかったが、父の怒りは治まらない。

「父上!」

咄嗟に父に詰めかかりそうになる私を、勇吾は手で制止する。

「冗談にしても言っていいことと悪いことがこの世には存在する」

それでも父は精一杯、感情を抑えているのだろう。十年、いや五年前だったら、今頃勇吾は、書斎から追い出されていたはずだ。

「もちろん承知しております。ですが、西國様が諾《だく》とおっしゃってくださらなくても、もらっていくつもりです」

「ふざけるな！　孝信は人間だ。欲しいと言われてやると言えるわけがなかろう！」

握った拳《こぶし》でデスクを叩きながらの父の言葉に、私は驚かされる。まさか父からそんな真っ当な言葉が出てくるとは思わなかった。

ただおそらく父は、勇吾の言葉の本当の意図を理解していない。ただ物のように、私を欲しているだけだと思っているだろう。

「おまけに、今は企業の社長かもしれんが、元々はわしの運転手をしていた成澤の息子だ。そんな、取るに足らん人間が、このわしの、西國の人間を手に入れられるなどと、ふざけたことを抜かして許されると思っているのか」

「父上っ」

「お前は黙っていろ。息子の分際で、こんな無礼な、よりにもよって成澤ごときの息子をわしの前にやってこさせて、許されると思っているのか」

一瞬でも、父がまともな発言をしたと思ったのが間違いだった。父が許せないのは、息子である私を物扱いする勇吾ではない。息子を欲しいと言うのが、己の運転手だった成澤の息子だからだ。

父にとって守るべきは「西國」の家。血筋。その血が自分にも流れていると思うだけで、胃の底から吐き気が込み上げてくる。

ふらつく私の腰に、さりげなく勇吾は手を添える。

「勇吾……」

父の発言を抑えることすらできない自分が情けない。勇吾の手は、ただ触れているだけで、優しさを伝えてくれる。

「孝信さんが西國家の大切な後継者であることは重々承知しています。ですから、物扱いしているわけではありませんが、それ相応の条件を提示させていただくつもりです」

「条件とはなんだ」

「現在父の手掛けている会社が、様々な事業を展開しているのは、西國様もご存じですよね？」

勇吾は父に確認するが、当然のことながら肯定するわけがない。だが成澤の話は耳に入っているだろう。

「先日も、西國系企業と競合したのち、成澤系企業が政府からの事業を勝ち取りました。他にもこれまで西國が独占していた分野の多くに、成澤が進出しています」

「貴様はわしに喧嘩を売りたいのか！」

「とんでもありません」

勇吾は父に怒鳴られてもまったく怯む様子は見せない。

子どもの頃ならともかく、私も勇吾も厳しい兵学校での四年の生活を乗り越えている。私自身は子どもの頃から植えつけられた習慣により、父に怒鳴られた瞬間に条件反射のように萎縮してしまう。だが記憶にある限り、勇吾はこの屋敷にいた当時、父に直接怒られたことがなかった。

「あくまで西國様さえよろしければ、という前提のお話ですが、新規事業に関して、成澤と提携をしていただけないかという申し出をしたいと考えています」

「なんだと？」

咄嗟に私も勇吾の横顔を見つめる。

「成澤は勢いはあるもののいかんせん、西國様もご存じのとおり若い企業です。それゆえに政府のみならず、関連企業からの信頼も薄い状況です。その分、動きやすいという利点もあります。西國系企業はまさにその逆。互いの企業の足りない部分を補い合えば、最強だと思いませんか？」

勇吾の言うことはもっともだ。だが成澤は元々、西國から離反した人間が集まっている。西國側も成澤に裏切られたという事実は消えない。

「……だが、成澤はわしを裏切った」

私以上に父の傷は深い。

「大恩のある西國様に反したことについては、父も反省をしています。機会さえあれば直接お詫びしたいと常々申しております」

しかし勇吾の言葉で父の表情が変わる。

「そう言ったところで、しょせんは貴様が言っているだけではないか。わしを言いくるめておいて、いざとなったら成澤は知らなかったということに……」

「この新規事業については、すべて僕に任されています」

勇吾は父の言葉を途中で遮る。

「貴様が？　何を言う。ついさっき、孝信と同じ海軍省に所属していると言ったばかりで……」

「近々退めることは上官に申し出て許可が出ています」

「え？」

思わず驚きに声が出てしまう。

「そんな話、聞いて……」

「後で説明する」

勇吾は私の口を大きな手で封じると早口に言ってすぐに父に向き直る。

「孝信さんには後日話をするつもりで伝えていなかっただけです。嘘だと思われるなら、上官に確認していただいて結構です。西國様がよくご存じの方にお話ししております。成澤側については、父にご確認いただくのが一番です。が、それは難しいのは理解しています。後日になりますが、僕に任されているということを証明する書類を用意することが可能です」

父はもう怒っていなかった。

ただ勇吾の話の真偽を確かめようとしているように見える。

「もし条件を呑んでいただけるのであれば、表向きはかつて離反した成澤が過去を謝罪した上で、西國に承諾してもらうという形を取ります」

つまり、裏で取引が行われていることは一切表に出さないということ。正確に言えば、出せないということだ。

「――それほどの価値が、孝信にあるのか？」

「あります」

勇吾は信じがたい父の問いに対して即答する。

「本音を申し上げれば、これでもまだ足りないと思っています。孝信さんは、成澤にとって……いえ、僕にとって、不可欠な人です」

勇吾の言葉で涙が込み上げそうになる。

最初から勇吾は父に合わせただけで、私を「物」扱いしていたわけではない。そして本心から、私を欲しいのだと言ってくれ、父、そして西國の呪縛から解き放とうとしてくれている。

＊＊＊

「勇吾。勇吾！」

手を繋いだ状態で私の部屋へ向かって歩く勇吾の背中に、何度も呼びかける。しかし勇吾は足を止めるどころか振り返ることもない。

だから背中に向かって私は話すしかなかった。

「早まるな。今ならまだ撤回できる」

勇吾の提示した最後の条件が決め手になったのだろう。父は不承不承ではあるが、「派遣」という形であれば構わないと言ったのだ。勇吾自身、義姉の子が生まれ性別がわかるまでは、それも致し方ないと思ったようだ。

その回答を受け、荷物を取りに行くと言う名目で、私の部屋へ行くことになった。

だから結果的に言えば、西國の丸儲《まるもう》けだ。成澤に得はない。

「私にはそんな価値はない」

そこまで言ったところで、ようやく部屋に辿り着いた。扉を開くとともに振り返った勇吾は、眉間に深い皺を刻んでいた。

「価値？」

そしてその単語だけ繰り返すと、乱暴に部屋に私を押し込んで後ろ手に扉を閉めた。

「そうだ」

「価値がないとは、どういうことだ。俺と一緒に成澤に行くのが嫌だということか？」

「違う」

強く否定する。

勇吾の言葉は嬉しかった。嬉しかったが、申し訳なさが勝っている。

「私は、お前が提示した条件に値《あたい》するような、父にとって価値のある人間ではない」

「だから、なぜ……」

「義姉が……私の子を生む。あの日、私に薬を盛ったときの、許されない子を……」

ずっと打ち明けられなかった秘密を明かす。

「忘れるんだ」

勇吾は強い口調で言う。忘れられるものなら忘れたい。でもそんなことが許されるのか。

「忘れるのは忌まわしい記憶だけだ。生まれてくる子に罪はない。お前が名乗る必要もない。瑠璃子さんもあえて言わないんだろう？　それならばお前はただ、子に対してだけ誰にも知られず想いを募らせればいい」

勇吾の言葉に、あの日できた心の傷が少しだけ癒されたような気持ちになる。もちろん、望んだ行為でなかろうと、私の子であることに間違いはない。その事実を忘れることはない。

「それだけではない」

ひとつの秘密を打ち明けたことで、心が軽くなった。

「『無明』だからだ」

ずっと否定し続けていた事実を、初めて言葉にして肯定する。言葉でどれだけ否定しても、私の体はずっと『無明』なのだと訴えていた。己の存在を認識しろと言い続けた挙げ句、『無明』でなければあり得ない出来事が起きたのだ。

「孝信……」

「息子である私が『無明』だと知ったら、父はあっさり私を手放したはずだ」

「いや、だが」

私の言葉に勇吾は激しく戸惑っているようだった。

「お前に嘘を吐き続けていて済まない。だがどうしても信じたくなかった」

笑おうとするのに笑えない。

「言ってどうするつもりだった?」

「西國の家を出るつもりだった。そうなれば、当然軍にもいられなくなっただろう」

「そうして俺の前からも消えるつもりだったのか?」

勇吾の言葉に、堪えていた涙が溢れてくる。私は勇吾の前で泣いてばかりだ。

「どうして泣く?　孝信が『無明』だったらいいと、これまでに何度も伝えてきたはずだ。それなのにそんな俺の前からも消えるつもりだったのか?」

溢れ出した涙を堪えられず、ただ首を左右に振ることしかできない。勇吾の気持ちは嬉しかった。それでも、勇吾に言えないことがある以上、一緒にはいられない。

勇吾はそんな私の肩を引き寄せ、抱き締めて背中に腕を回してきた。

「勇吾……私は……」

胸に頬を押しつけると、駄目だとわかっていても温もりにずっと浸っていたくなる。

「泣かないでくれ。さっきも言ったように、俺は全部わかっている。子どもができたんじゃないのか」

勇吾の言葉に私は体を強張らせる。

「山城先生のところで聞いたとき、お前は否定した。でもいつから一緒にいると思っている？　子どものときからだ。その頃から一緒にいて、お前が嘘を吐いているか否か、俺がわからないとでも思っていたのか？」

どこか笑いを孕《はら》んだような言い方に涙が止まった。ゆっくり顔を上げると、実際に勇吾は笑っていた。

「俺はお前が思っている以上に、お前のことを知っているし大切に思っている。そして誰よりも愛している」

「どうして笑っている？」

「笑っているか？　そんなつもりはなかったんだが……」

素直な疑問を口にすると勇吾は慌てて顔に手をやった。

「お前が俺の子を身籠っていると思っただけで笑ってしまうらしい」

「気持ち悪くないのか」

声が震えてしまう。

「どうして？　こんなに嬉しいことはないのに、何が気持ち悪いことがある？」

勇吾は不思議そうに聞いてくる。

「私は男なのに」

「そんなのは関係ない。俺は孝信が孝信だから好きになった。初めて会ったときからずっと、俺はお前に夢中だ」

なんの躊躇もなしに勇吾は恥ずかしい言葉を口にする。

「勇吾……」

「前にも言ったが、邦孝さんに『無明』の話を聞いたときからずっと、孝信が『無明』で、俺の子を生んでくれればいいと思っていた。だがあのときは自分が『優勢種』だとは知らなかった。ただとにかく俺は孝信のことが好きだった。抱きたいと思っていた。それだけだ。抱けなくても……一生守ってやりたいとも思っていた」

勇吾が想いを打ち明けた瞬間、私の胸が締めつけられるように痛む。

（勇吾に抱かれたい……）

不意に込み上げる想いに、山城の言葉が蘇ってくる。

『だが番とは違う。発情期でなくとも性交したいと強く思う上に、その匂いを嗅ぐだけで身も心も安心するそうだ』

「番、なのか」

「番？」

頭に浮かんだ言葉が口を突いていたらしい。

「『無明』にとって運命の相手らしい」

「番……」

「番の匂いを嗅ぐだけで安心するらしい。それだけじゃなく、発情期じゃなくても、番には抱かれたいと思うらしい」

「要するに、孝信は今、俺に抱かれたいのか？」

「抱かれたい」

その気持ちを認めることに、まったく躊躇《ためら》いはない。

抱いてほしいと訴えても、勇吾は抱いてくれなかった。それでも無理やりシャツを脱がせ、勇吾の肩に残る火傷の痕に触れた。

切なくて苦しい思い出を塗り替えたい。

勇吾はそんな私に、唇を重ねてくる。

柔らかく優しく口づけながら、髪を撫でてくれる。そんな仕草のひとつひとつから、優しさが伝わってくる。それでいて巧みな舌の動きは、確実に私の欲望を刺激する。

口づけながら私を横抱きにする。そして寝台まで移動して体を下ろす。

初めて二人が抱き合った場所だ。

足元からベッドに乗り上がった勇吾は、改めて口づけようと顔を近づけてから、何かに気づいたように動きを止める。

「どうした?」

「いいのか、しても」

「いいのか、とは?」

この状態で何を聞いているのかわからない。

「子どもがいるんだろう? そんなときに、性交をしてもいいのか?」

真顔で尋ねられて、急激に恥ずかしさを覚えた。

(勇吾のばか)

心の中で罵倒しながらも、私ははっきり応じる。

「山城先生は、しても構わないと……」

最後の言葉は再び貪るように重なってきた勇吾の唇に飲み込まれていく。

「ん……っ」

そして口づけながら、勇吾は私の着ているものを脱がしにかかった。もどかしさに自分で脱ごうとするが、勇吾はそれを許してくれない。

「駄目だ。やっと後ろめたさなしにお前を抱けるんだ。だから存分に味わわせてくれ」

「勇吾……」

そしてまた口づけながら、勇吾は巧みに上着を脱がし、ネクタイを外すと、釦に手を掛けてきた。

舌を絡め溢れる唾液の甘さを味わっていると、下肢に勇吾の手が移動する。腰を軽く浮かすことで露《あらわ》になった私の性器は、すでに勃起しかかっていた。

そこで私のものに触れようとする勇吾の手を私は止める。

「どうした？」

「お前も脱いでくれ」

「――わかった」

昨夜のことを思い出したのだろう。勇吾はすぐに頷き、着ていたものを脱いでいく。

シャツを脱ぐことで露になる火傷の痕に切なさを覚えながらも、スラックスと下着を脱ぎ捨てた段階で、立ち上る勇吾の匂いに自分でも驚くほど欲情した。

「山城先生は嘘つきだ」

「え？　やはり駄目なのか？」

「違う」

私の発言に狼狽《ろうばい》する勇吾がおかしい。

「勇吾の匂いを嗅いだら安心するはずなのに、今猛烈にお前が欲しくてたまらない」

思ったことを告げると、勇吾はその場で頭をシーツに沈める。

「勇吾？」

「お前は俺をどこまで骨抜きにするつもりだ？」

「え？」

「そんなことを言われたら、お前のこと、滅茶苦茶《めちゃくちゃ》にしたくなる」

突然勇吾の顔に、飢えた獣のような貪欲さが滲み出てくる。それこそ匂い立つような艶に背筋がぞくぞくした。

「いいよ、滅茶苦茶にし、て……」

何も考えられなくなるぐらい抱いてほしい。

そんな望みに応えるように、勇吾は私の膝を抱えて高く掲げると、目の前に晒された尻の間に潜《ひそ》む場所を指で左右に大きく広げた。

「あ……」

「孝信……孝信、孝信」

そして私の名前を繰り返しながらそこを嘗め始める。

「やめ、あ……ん、ん……っ」

縁を嘗めるだけでなく中心にまで舌を伸ばされる。内側の熱い肉を探りながら、さらにそこを吸い上げてくる。

「勇、吾……あ、あ、あ」

そして濡れた場所へ舌とともに指を差し入れ、中を探られる。

敏感な内壁は、わずかな刺激にも反応してしまう。

「すっかり愛されることに慣れたみたいだな」

まるで検分するように言われて、恥ずかしさで全身が紅潮していく。

「違う……」

「違わないだろう。ココは気持ちいいと訴えてる」

服を剝がされたときから疼いていた私の先端からは、堪えられないものが溢れ出している。

勇吾は指で拭って、乳首に擦りつけてくる。そこも勇吾に愛されて疼くようになっている。

「勇吾……」

後ろを嘗められるのも胸を触られるのも気持ちがいい。だが今は違うことを求めている。

もどかしさに腰を振って勇吾を誘う。

「すっかりいやらしい体になったな」

そんな私の様子を見て勇吾は肩を竦めた。

「そうしたのは……お前じゃないか」

拗《す》ねたように言うと勇吾は破顔する。

「そうだ。だからもっといやらしい体にしてやる」

勇吾は私と同じく硬くなった己の性器に手を添えると、先ほど嘗めて柔らかくした場所に先端を押しつけてきた。

「あ」

何度も勇吾を受け入れてきた体は、すぐに異物に馴染《なじ》み柔らかく淫らに変化していく。

「熱いな」

勇吾はゆっくり己を奥へ進めながら、その感想を口にする。

「勇吾……」

「それでいて柔らかくて気持ちいい。ずっと中にいたいぐらいだ……」

言葉とともに、体内の勇吾もはっきり想いを快楽として伝えてくる。擦られた内壁は喜びに蠢《うごめ》きドロドロに溶けながら、勇吾の性器に纏わりついていく。

「私も……」

(気持ちいい)

足りなかった体が満たされたような不思議な感覚を覚える。

「お前の中の子も、悦《よろこ》んでくれているといいが……痛っ」

余計なことを言う勇吾の鼻に、思わず歯を立てる。

「何を……」

「今は私のことだけ考えてくれ」

勇吾はその言葉で、堪えられないように笑う。

「人が本気なのに、笑うなんて失礼じゃないか」

「いや……自分の子に嫉妬《しっと》するほどお前が俺のことを想ってくれているのかと思ったら、つい」

「嫉妬して何が悪い」

この状況で何を繕ったところで、勇吾にはすべてばれてしまう。だから正直な想いを口にする。

「どうせお前のことだ。生まれて来たら散々甘やかして可愛がるんだろう？　それまでは私だけが独占して何が悪、い……あ、あっ」

話している途中で、突然勇吾は腰の動きを強くした。

「勇吾、まだ、話が……」

「あとにしろ」

返しが短い。

「あ、や……激し、い。あ、あ」

勇吾はさらに高く掲げた私の腰を上から穿《うが》つ。その分、より深くまで勇吾が挿ってくる。これまでに感じたことのない深い場所での快感が、全身に広がる。

「煽ったのはお前だ。その責任を取ってくれ」

「責任、って……」

勇吾は無理な体勢で私に口づけると、さらに腰の動きを速くした。

＊＊＊

「一緒に海外へ行こう」

勇吾は私の髪を優しく撫でる。

「でも、お前は事業が……」

「日本には最初のうちだけいれば済む。むしろ俺の仕事の大半は海外のほうがやりやすいぐらいだ。それこそ成澤と西國の力を使えば、軍籍のまま海外へ行くことも可能だ」

そう言って私の頭を胸に抱く。

「そうすれば、誰にも知られずに子どもを生める。山城先生に海外の医者を教えてもらおう。きっとどこかに『無明』のことを知る医者がいるはずだ」

「勇吾……」

「そうすれば、西國におけるお前の立場を変えなくて済む」

つまり『優勢種』としての私を守れる、ということ。

「さらに、瑠璃子さんの子が生まれ男児だったとき、万が一お前が父親だと明らかになっても、その子自身の背負う運命がひとつ少なくなる」

「生まれてくる子も、私と同じ『無明』なんだろうか」

今、私のお腹にいる子。それから、義姉の生む子。

考え始めるとどうしようもないほど不安になる。

「男か女かわからないのと同じで『無明』か否かなんて、誰にもわからないだろう」

勇吾はまだ平らな私の腹を撫でる。

「でももし『無明』だったら、その子は幸運だ」

「何を言って……」

「お前は身近に誰も自分と同じ『無明』がいないから、人一倍苦労するし不安しかない。だが子どもは違う。お前という、見倣《みなら》うべき人間がいる。これほどまでに心強い存在はないだろう？」

子どものときの誓いを、勇吾は守り続けてくれている。

何よりも私が欲していた言葉で。

「勇吾……愛している」

私の言葉に応じるように、勇吾は再び愛し合うべく、ゆっくり唇を重ねてきた。

＊＊＊

青い空のもと、灼熱の太陽に照らされながら、小さな手が私に向かって振られる。

ありったけの笑顔とありったけの幸せをもたらしてくれた愛しい存在を眺めながら、私は隣に立つ男に、そっと身を預けて目を閉じる。

遠い日本の地でも、目にすることのないだろう我が子が、笑顔でいることを願いながら。

暑くて、そして途方もなく幸せな。

夏を少し前にした、季節。

# 妊孕《にんよう》～つがいの掟後日譚～

それは、世の中が戦争に向かう直前の、一筋の光の射し込む時代——西洋と東洋の文化が混在する街、東京・三田《みた》の西國家邸《さいごく》のサロンでは、若き当主である康晴《やすはる》主催の、『蛍を愛《め》でる会』と称されたガーデンパーティーが開催されていた。

天気がいい上に土曜日のためか、夜十時を回っても、集《つど》った参加者たちはまったく帰る様子を見せない。

華やかな衣装に身を包み髪を綺麗《きれい》にまとめ上げた婦人たちは、バルコニー前に広がる中庭に用意された料理を、美味《おい》しそうに食している。そんな婦人たちを横目に、タキシードや燕尾服に身を包んだ紳士は、シガレットルームや宴会場の端のほうでまとまって、カードゲームや洋酒を楽しんでいる。

その中心には、西國財閥の若き当主の姿がある。

涼し気な目元にすっきりとした鼻筋が凛《りん》とした印象を生む、すらりとした体軀《たいく》。仕種《しぐさ》は洗練され、何もかもがスマートで優雅だ。

「すごいな……」

そんな横顔を遠目に眺めながら、僕は感嘆の息を漏らしてしまう。

西國財閥の先代の当主である泰邦《やすくに》は、江戸時代末期に英国留学を果たし、帰国後明治新政府において重職に就き、政界引退後には、多くの会社設立に関わり日本の近代化に大きく寄与《きよ》した。その功績により西國財閥に授けられた侯爵の地位を、康晴さんは半年前に譲《ゆず》り受けた。

祖父と同じく留学先の英国で企業経営について学んだ康晴さんは、当主となってすぐその才覚

をいかんなく発揮している。若さ故《ゆえ》に当主としての手腕《しゅわん》を疑問視していた先代からの重鎮たちも、康晴さんを認めざるをえない雰囲気になってきた。

若くして財閥の当主となる以上、康晴さん自身、周囲の風当たりが強いことは覚悟の上だっただろう。そのため人一倍努力をしてきているのを、この半年近く、僕は誰よりそばで見てきた。だから康晴さんが正当に評価されるのが嬉しかった。

身内の贔屓目《ひいきめ》を抜きにしても、康晴さんは完璧な紳士だと思う。それこそ毎日見ていても飽きることがない。見惚れるほどだ。

康晴さんが、早々に西國の当主の座を継いだのは、弟である僕、邦彦《くにひこ》を、西國家の一員として披露するためでもあった。

康晴さんの弟とはいえ、僕は父、邦孝《くにたか》と愛人である母との間に生まれている。そして「郷《さと》」と呼ばれる場所で、息を潜《ひそ》めて暮らしていた。父の誘いで三田の屋敷にきてから、一年にも満たない。

東京に来た直後、両親が二人で出かけた旅行先で事故に遭《あ》い死亡した。これによって、僕の運命は大きく変化してしまった。

留学先から急遽《きゅうきょ》帰国した康晴さんと出会い、康晴さんが祖父、泰邦から正式に西國家当主の座を譲り受け、祖父の勧めた女性と結婚することと引き換えに、僕は正式に一族の人間として承認されることとなったのだ。

ちなみに、結婚は、あくまで形式上のことだ。相手方との利害の一致により、契約結婚したに過ぎない。

それでも胸が痛むこともあるが、嘘偽《いつわ》りない態度で僕に接してくれる康晴さんを信じるしかない。

今夜の晩餐会《ばんさんかい》は、表向き康晴さんが仕事の関係者に楽しんでもらうべく企画したものだ。だが真の目的は、僕の存在を周知させることだ。それはわかっている。

僕はいまだに、自分はこんな風に堂々と人前に出るべき存在ではないという思いが消えてなくならない。

常に人の上に、かつ人の中心にあるべき存在の康晴さんと違って、半年前まで人の目を避けるようにして生きてきたのだ。考えまで簡単に変わらない。

それでも着慣れない正装に身を包み、慣れない笑顔を懸命に繕《つくろ》っているのは、偏《ひとえ》に康晴さんのためだ。僕を想ってくれている康晴さんの想いに応《こた》えるためだ。

こういう場に出るたび、緊張ゆえに全身汗でびっしょりになった。倒れそうになったり、貧血を起こしたこともある。表情が強張《こわば》ることも、会話に詰まって気まずい沈黙が生まれたこともあった。

もちろん西國の執事やマナーの先生に指導を受けたが、実際に公《おおやけ》の場に出るとなると話は別だ。先生に教わった定型通りの会話などなされるわけもなく、その場その場での機転が必要となった。

康晴さんがいるときには、さりげなく、かつ完璧なフォローをしてくれた。だから余計に、一人では人と満足に会話すらできない己に自己嫌悪する。

最初のうちは、康晴さんの手前、もしくは好奇心から、僕に声を掛けてくれる人もいた。しかし回を重ねるごとに僕の周辺からは人が減り、気づけば一人で壁際にポツンと立っていることが増えてきた。

今夜もそうだ、個人的には一人のほうが気楽だが、そういうわけにもいかない。

とりあえずジュースを飲んで気持ちを落ち着かせよう。

そう思ったとき。

「こんばんは」

掛けられた声に振り返ると、口元を豪華な羽根製の扇子《せんす》で覆った五十代ぐらいのご婦人が立っていた。

「西國当主である康晴さんの弟さんって、貴方《あなた》?」

まるで品定めするかのような視線を向けてくる。頭のてっぺんから足のつま先まで這い回っていく視線に、背筋がゾクゾクしてくる。それでも懸命に笑顔を繕う。

「はい、西國邦彦と申します。よろしくお願いしま……」

「あまりお兄様の康晴さんとは似ていないのね?」

相手が誰かもわからないまま、とりあえず挨拶《あいさつ》をする言葉を途中で遮《さえぎ》るように、白い手袋を嵌《は》めた細い指先が僕の手に添えられる。

「兄とは母親が違いますので……」

僕らの母親が違うことは、最初から公にされている。

「そういえばそうでしたわね。ところで、ねえ、最近頻繁《ひんぱん》に康晴さんが晩餐会を催《もよお》している理由、貴方はわかっているんでしょう?」

「理由、ですか?」

僕のお披露目《ひろめ》だが、それを公言していいものか。答えに躊躇《ちゅうちょ》している僕に、婦人は勝手に続けていく。

「お兄様は半年前にご結婚されたでしょう? だから邦彦さんにも、良いお嬢さんを見繕っていらっしゃるという専《もっぱ》らの噂ですのよ」

「それはどういう……」

本気で意味がわからずに返すと、婦人は肩を揺らして笑う。

「いやですわ、恍《とぼ》けられて。ご自身のお見合いですよ、お見合い」

「え……」

心臓がドキンと鳴る。

「うちにも年頃の娘がおりますのよ。きっと気に入っていただけると思いますわ。年齢も近くて……」

さらに指の先が冷たくなってくる。

この人は一体、何を言っているんだろう。

「お兄様のところもお子様はまだかしらね。将来の西國を担って立つ男の子が生まれたら、先代もさぞかしお喜びでしょうね」

「子ども……」

背筋を冷たいものが走り抜けていく。

「康晴さんも素敵《すてき》だし、奥様も綺麗ですものね。さぞかし可愛い子が生まれるでしょう」

ドキンと、さらに心臓が鳴った。

「女の子だとしても、良いお家に嫁がれれば……」

その後も、婦人はひたすらに話し続けたが、途中からはまったく耳に入って来なくなった。

それだけではない。目の前が銀色に光り、頭がぐらぐら揺れてくる。口の中が乾き、膝が震えてきた。

「すみません。少し体調が優れないので……」

しばらくは我慢していたが、このままでは倒れてしまいそうだった。だから僕は婦人の言葉を途中で遮ると、婦人の前から逃れる。

婦人だけではない。パーティーが行われている場所から逃げる。

とにかく一人になりたかった。

「気持ち悪い……」

張っていた気が緩んだのか。胃がむかむかして、軽い吐き気が込み上げ、頭の中を、先ほどの婦人の言葉がグルグル回っていて、苛々《いらいら》してくる。

「落ち着かなくちゃ……」

もやもやする気持ちを落ち着けようとするが、歩く速度は速くなる。気づけば走り出す寸前、そこで建物の角から現れた人にぶつかってしまう。

その場によろめく僕の腕を、ぶつかった相手の人が摑んできた。

「すみません。前を見ていなくて……」

「どうした、邦彦」

謝りかけた僕は、掛けられる声に驚いて顔を上げる。

「康晴さん……」

晩餐会の明かりの届かない場所が、康晴さんの顔を認識した瞬間、急に輝かしい場所に思えてきた。

「どうしてこんな場所に」

パーティーの主催者なのに。

「お祖父様から電話があって少し外していただけだ。それよりも、邦彦こそどうしてこんなところに？」

「あの……」

咄嗟《とっさ》に言い繕う言葉を見つけ出せず、ただ俯《うつむ》くことしかできない僕の頰に、康晴さんは曲げた指でそっと触れてきた。

その瞬間、伝わってくる康晴さんの温もりに、体が震えてしまう。

「顔色が悪い」

暗がりでも康晴さんは僕の顔色に気づいたらしい。

「少し気持ちが悪くて……」

康晴さんに、余計な心配をさせたくない。だから先ほどの婦人との会話の内容は伏せておく。

「大丈夫か？」

摑まれた腕を払おうとするが、康晴さんはその腕を引き寄せ僕の体を抱き締める。

「会場の空気に酔ったか。それとも、昨日、無理をさせたからだろうか？」

背中に回った康晴さんの手が、腰まで移動していく。耳元に口を寄せられ熱い息を吹きかけられると、全身がビクッと反応した。

「康晴さん……っ」

「困ったな。晩餐会のあとで、君を抱きたいと思っていたのに」

項《うなじ》に優しく口づけながら囁かれる熱い言葉で、体の奥が疼《うず》いてしまう。

「君が発情期でもないのに、君が欲しくてたまらない」

耳殻《じかく》に歯を立てられる。

「無理はしない。駄目か？」

この状態で甘い声で問われて、僕に拒めるわけがない。恥ずかしさに俯く僕の額に自分の額を押しつけて、念を押すようにもう一度康晴さんは聞いてくる。

「駄目か？」

発情期など関係なく、康晴さんには触れてほしいと思ってしまう。だから羞恥を覚えながら、自分の気持ちを伝える。

「……少しお酒に酔っただけだと思います」

「それは、承諾の意だと解釈していいのか？」

精一杯の想いを伝えたつもりだった。だが康晴さんは曖昧《あいまい》な言葉では許してくれない。

「僕も……康晴さんが欲しいです」

だからはっきり想いを言葉にすると、康晴さんは満足そうに微笑み、僕の顎《あご》を摑んで顔を上向きにする。そして康晴さんが覆い被さってくるのに合わせ、僕は瞼《まぶた》を閉じる。

それによって、より康晴さんの唇を強く実感する。優しく僕の唇の上下を食《は》んでから、唇を割って口腔《こうこう》内に舌が進む。その舌から、アルコールの香りと味わいが伝わってくる。

ほろ酔いだった体に、そのアルコールがさらに染み渡っていくようだった。

「ん……っ」

僕の舌に康晴さんの舌が絡みついてくる。強く吸い上げられると、ふらついていた膝から力が抜けていく。

「……おっと」

がくりと崩れる体を、康晴さんはキスを終えて支えてくれる。着瘦《きや》せして見えるものの、僕ぐらいは軽々抱えられる。

「ここで無理をしたら元《もと》も子《こ》もないな。明日、山城《やましろ》のところへ行くといい。そろそろ定期検診に行く時期だろう？」

「はい……」

僕の体を心配してのことだとわかっていても、少し寂しい。

「少ししたら会もお開きになる。だから先に部屋で休んでいなさい」

「でも……」

先に休んでいたら、絶対に眠ってしまう。

「心配はいらない。眠っていても、きちんと起こして君を抱くから」

僕の心を見透かした康晴さんの言葉で、全身が熱くなった。


海外から取り寄せた大きなベッドが、激しく軋《きし》む。

生まれたシーツの波の中で、康晴さんは僕の腰を抱え、激しく己の腰を上下させていた。

「あ、あ、あ……」

突き上げられるたびに、堪《こら》えようとして堪え切れない声が溢《あふ》れてしまう。

「邦彦……気持ちいいか？」

康晴さんは僕の背中に口づけながら、何度も確認してくる。僕はシーツの中に顔を埋めながら、康晴さんの問いに応じようと頷《うなず》いた。

僕が部屋に戻り、風呂に入って着替えを済ませたところで、康晴さんもやってきた。

思っていたよりもかなり早いことに驚いたが、大勢押しかけていた客人たちも、主催者である康晴さんの閉会の一言で、あっさり帰宅したようだ。

慣れ親しんだ寝室で康晴さんの顔を見ることで、自分でも驚くほど安堵《あんど》した。同時に、強い衝動が生まれた。

僕は自分から康晴さんに抱きついて、アルコールの匂いのする康晴さんの舌に自分から舌を絡みつけていく。

着ているものを脱ぐまで待っているのももどかしく、自分から康晴さんが欲しいと訴えた。

『そのつもりだ』

康晴さんは優しい口調で応じると、もつれ合うようにして二人でベッドに倒れ込む。

あっさり全裸にした僕の体に慈《いつく》しむように口づけながら、康晴さんもまた着ているものを脱ぎ捨てていく。

若くして西國の当主となった男が、正装を脱ぎ捨てることで、生身の姿を僕の前に晒《さら》していく。

そして昨夜の情事の名残も生々しい僕の肌に、所有の証《あかし》のように痕《あと》を残す。肌に痕がひとつ増えるたびに、僕の悦《よろこ》びが増す。体のすべての場所に、康晴さんの印が欲しいぐらいだった。

体を繋げてひとつになっても、離れてしまえば別々の体になってしまうのが悲しい。

「ここはどうだ？　ここは……」

そしてひとつひとつ確認するように、腰の角度を変える。

「いい、です……そこ……あっ」

硬い先端で内壁を擦られると、僕は背筋を弓なりに反《そ》らしてしまう。ビクビク小さく体を震わせ、シーツに擦れた性器から先走りの蜜が溢れてしまう。

「私も気持ちいい……私の邦彦」

背中にキスの雨を降らせてから、康晴さんは僕の腰を痛いぐらいに掴んで、ゆっくり己のものを回してきた。

「あ、ん……、それ……い、いい」

感じすぎて僕が甘い声を上げるのとほぼ同時に、康晴さんは頂上に達して、僕の中に欲望を吐き出していく。

体の奥深い場所で、ドクンと康晴さん自身が鼓動する。そして体の中に熱いものが広がっていく。

「んん……あ、あっ」

その熱さに引きずられるようにして、僕もまた欲望を迸《ほとばし》らせていく。ドクドクと脈動するたび、溢れ出る蜜が、シーツに染みを作っていく。

康晴さんはそんな僕から静かに体を引き抜き、優しく体を横抱きにしてくれる。

「大丈夫か？」

まだ荒い呼吸をしながら、僕は康晴さんに対して頷く。汗ばんだ肌を重ね合わせていると、たった今達したばかりなのに、また鼓動が高鳴ってくる。

そんな自分の反応に、強烈な不安が押し寄せてきてしまう。

「……どうしよう」

震える声で訴えると、すぐに康晴さんが心配そうに僕の顔を覗《のぞ》き込む。

「何が？」

「発情期でもないのに……こんなに康晴さんのことが欲しいなんて……僕、おかしいんでしょうか」

こうしている間も、全身が疼いている。

昨夜も康晴さんに抱かれている。それこそ毎晩でも抱かれたいと思っている。

ずっと康晴さんを感じていたいと思ってしまう。

「何も心配することはない」

康晴さんは優しく微笑み、僕の額に下りた前髪をかき上げてくれる。

「本当でしょうか」

「私自身、君が発情期でないのに、抱きたいと思っているとさっき言っただろう？　好きな人を前にすれば、相手に触れたいと思うのは当然だ」

「好きな人……」

康晴さんの言葉で、僕の頬はカッと熱くなる。康晴さんは平然と、僕が恥ずかしくて逃げ出したくなるような言葉を口にする。

「それにむしろ、発情期じゃないから、この程度で済んでいるんじゃないか？」

「そう……ですね」

確かに言われるとおりだ。

発情期が来ていたら、抱き合った直後に、こんな風に暢気《のんき》に康晴さんと体を触れ合ったまま話したりできない。

何度康晴さんを受け入れて体内に欲望を吐き出されても、すぐに次が欲しくなる。食事をする時間すら惜しいほど、起きている間はひたすら交わることだけを考えてしまう。

とはいうものの、正直なところ、僕は発情期のときの自分の状態をはっきり覚えていない。自分が自分でなくなって、とにかく康晴さんが欲しくて欲しくてたまらない、性欲の塊《かたまり》のようになってしまっているからだ。

「納得したところで、私はもう一度君を味わいたいんだが、いいだろうか？」

康晴さんは笑顔で僕に確認しつつ、手は下肢に伸びている。ついさっき射精したばかりなのに、康晴さんに少し弄《いじ》られただけで、そこはあっという間に反応してしまう。

そんな自分に呆《あき》れつつも、康晴さんが相手なのだから仕方ないとも思えてしまう。

「僕も……」

消えそうに小さな声で応じた僕の返事は、重なってくる康晴さんの唇に飲み込まれていく。


この世に存在する人間は様々な方法で分類される。

外見的な容姿により判断できる男女の他に、傍目《はため》にはわからない、特殊な機能を併《あわ》せ持った人間が存在することが、古《いにしえ》の時代より密かに囁かれていた。

彼らは大きく、あらゆる意味で絶対的な魅力を持つ『優勢種《ゆうせいしゅ》』、いわゆる一般的な人間である「普通種」、さらに年に何度か発情期を迎え、男女問わず性交可能な、『無明《むみょう》』と呼ばれる三つに分けられるというものだ。

これらの種別がどういう理由で生まれたのか、またいつからあったのか定かではない。ただ彼らは確実にある時期から存在し、そして生き続けてきたのである。

圧倒的に存在数が少ない『無明』は、己の種を残すため、「発情期」に強烈でかつ独特の「匂い」を発生させ、人類構成上、頂点に立つ『優勢種』をおびき寄せる。

それはまさに、花が己の種を蒔《ま》くため昆虫を甘い香りと蜜で呼び寄せるかのように。

そうして出会った『優勢種』と『無明』の中には、運命のごとく引き合う相手が存在する。何が引き合い求め合うのか、誰も知らない。

ただ、一度運命の相手と出会い体を繋げた以上、二人は二度と離れられない存在となる。無理にでも離れた場合、『無明』は精神に支障を来《きた》し、最終的には命つきてしまう。それほどまでに「番《つがい》」は特別な存在なのである。

互いの好みや意思とは関係なく、ただ絶対的な「運命」が、巡り会ってしまった二人を俗世から切り離す。

『無明』である僕と、『優勢種』である康晴さんが出会ったのは、今からほぼ半年前になる。先に述べた、父である邦孝が母とともに事故で死亡した一週間後、康晴さんは留学先から帰国した。

そして初めて出会った瞬間、僕らは運命の歯車に取り込まれたのだ。

僕も康晴さんも、自分たちがそんな特殊な存在だとは知らなかった。だが西國の家には、頻繁に『優勢種』が生まれていたことを、この家の主治医であり、僕が幼い頃から世話になっていた山城という医師が教えてくれた。

互いの中に流れる西國の血が、僕らを引き合わせたのかもしれないとも思った。だが僕と康晴さんは、実際は腹違いの兄弟ではない。康晴さんの本当の父親は、邦孝の弟、つまり叔父だった。

だから僕らは正確には腹違いの兄弟ではなく従兄弟《いとこ》だった。

そんなことは、僕にとってはどうでもよかった。だが血筋を重んじる西國の家にとっては、ややこしい後継者問題を孕《はら》んでいたらしい。

日本の中枢を担う立場にある西國家にとって、血族の中に、忌《い》むべき『無明』がいることは絶対に秘すべき事実だったらしい。

そんな僕を「西國の一員」として公にしたい康晴さんと、当時当主だったお祖父様とが対立するのは当然のことだった。

最終的に康晴さんはお祖父様の出した条件、とある華族の女性と「結婚すること」を呑み、西國家の当主となった。

もちろん康晴さんが結婚した事実に、動揺しなかったわけはない。そのことを知ったとき、僕は家を出ようと思った。康晴さんが自分以外の人と夫婦になるという事実を、受け入れられないと思ったのだ。

でも実際は違った。康晴さんは西國の当主となることで、僕と生きていく道を選んだのだ。

康晴さんの結婚相手は、最初から政略結婚だと割り切っていて、今は愛人と連れ立って諸国を優雅に漫遊《まんゆう》している。

結婚するとき、康晴さんは相手の女性との間に、様々な細かい取り決めを交わしたそうだ。彼女自身、好きな人がいながらその相手との結婚を許されず、駆け落ちする寸前の状態だったそうだ。

さらに、屋敷でずっと暮らしていた、父である邦孝の正妻でもある康晴さんの実母も、今は関西にある西國の別邸で暮らしている。

だから現在、三田の西國の屋敷で暮らしているのは、康晴さんと僕の二人だけだ。後ろめたくないと言ったら嘘だ。それでも僕は、康晴さんと二人で過ごす日々が大切でならない。

その感情が愛情なのか、それとも「番」だからなのか、僕には説明できない。でも康晴さんは言う。どちらでもいいではないか、と。

僕が『無明』で、外見上、自分と同じ男でありながら子をなせると知ったときにも、康晴さんは嫌悪したりしなかった。それだけではなく、番の相手だと知っても驚かないどころか、あっさり言い放った。

『私の子を孕めばいい』

たとえそれが冗談でもその場凌ぎの言葉だとしても、僕は嬉しかった。

いまだ自分の体のことを、僕自身、理解できていない。

これまでずっと男だと信じてきたのに、子どもができる体なのだと言われても、そんなに簡単に納得できるわけがない。

それなのに、康晴さんはそんな僕を、ありのままの形で受け入れてくれた。そしてことあるごとに聞いてくる。

『まだ子どもはできないか?』と。

西國に来てから、三度の発情期が訪れている。

最初は康晴さんと初めて会ったときで、二度目はそれから二か月後。三度目は先週終えたばかりだ。

お世話になっている山城先生曰《いわ》く、本来、もっと早い時期に発情期が始まっていてもおかしくないらしい。実際僕は、子どもの頃からずっと体が弱いという理由で、服用している薬があった。

でも実は、山城に処方されていた薬は、発情期が訪れる前の『無明』のためのものだったらしい。体のバランスを整え、かつ発情期が訪れたときの変化を最低限に抑えるものだった。

それでもなんらかの理由で、発情期の到来が遅れたようだ。

それゆえまだ僕の体は安定せず、発情期が不定期に訪れてしまうのだという。

安定すると、年に四度、一定間隔で発情期が訪れ、その症状も薬である程度、落ち着かせることが可能になるらしい。さらに定期的に薬を服用することで、望まない妊娠をしないで済むそうだ。でも実際どんな効果があるのか、よくわかっていない。

僕も初回の発情期を終えたあとから、服用する薬を変更したのだが、まだ目に見える効果は出ていない。

二度目のときも三度目のときも、僕は凄まじいほどに欲情し、康晴さんを求めてしまった。あの症状が落ち着くなんていうことが、本当にあるのだろうか。

でもあの発情期がなくなることで、康晴さんに抱かれたいと思わなくなったらどうしようと、不安にも思っている。

もしかしたら康晴さんも、発情期特有の状態がなくなったら、僕を抱こうと思わなくなってしまうかもしれない。今は発情期以外のときにも抱いてくれるが、いつまで続くかもわからない。

発情期が来たら来たで、そこに愛情はあるのかと心配になる。そして来ないなら来ないで、康晴さんと抱き合えなくなるかもしれないと不安になる。

だからときどき、薬を飲むのをやめたい衝動に駆られてしまう。

「……だが、どうだ？」

確認する声に、僕ははっと顔を上げる。

目の前には、ひょろりとした長身の眼鏡を掛けた男が座っていた。「若先生」こと、西國の主治医である山城医師は、僕のことを興味深げにじっと見つめていた。

「すみません。話をちゃんと聞いていなくて……」

「いや、いいさ。それより体調が悪いと言っていたな。吐き気は？」

「少し……食欲もあまりなくて」

血圧を測ってもらうために捲っていたシャツの袖を下ろしながら、僕は今の体の状態を語る。

「少し疲れているだけだと思います。康晴さんが心配性なだけで……」

僕はつい言い訳してしまう。

「それを判断するのは医者だ。とにかく脱いで」

「え……」

昨夜康晴さんに言われたように、定期検診を兼ねて若先生のところを訪れた。しかし若先生の指示にいざシャツを脱ぐ段階になって、僕は激しく後悔した。

「あの、大丈夫です。今日は薬だけもらって、改めて来ます」

「何を言ってる。早く脱いで」

「でも」

「いいから」

慌ててその場で帰ろうとしたものの、若先生に捕まってしまう。

「今日はちょっと……」

「夕べ、康晴に抱かれた痕でも残ってるんだろう？」

図星を指されて、咄嗟に僕は襟元を押さえた。若先生はあからさまにため息を吐く。

「そんなこと、いちいち気にしていたら医者なんてできない。だから、早く脱げ！　それとも俺が脱がしてやろうか？」

「い、いえ。自分で脱ぎます」

そこまで言われて拒むわけにもいかない。仕方なしにシャツを脱いだ瞬間、眼鏡の奥の若先生の眉間に皺《しわ》が寄ったのを、僕は見逃さなかった。

多分、若先生の想像よりも遙かに濃厚な痕だったんだろう。だからといって、言い訳するのもかえって変だ。だから僕はもう諦めて、昨夜の情事の痕も生々しい肌を若先生の前に晒した。

その肌に、若先生は冷たい聴診器を押し当てていく。ひやりとした感触に、肌が粟立《あわだ》った。咄嗟に上げそうになる声を堪えようと唇を嚙む。

考えてみれば、一番悪いのは康晴さんだ。

自分から病院に行くようにと言っておきながら、忘れていたのだろう。もし山城に見せると覚えていた上で、これほどまでに肌に痕を残しているのだとしたら、あまりに意地悪すぎる。

「下を脱いで、そこに乗れ」

聴診器での診察を終えたのを見て、シャツの釦を留めようとしていた僕は、若先生の言葉に驚いて顔を上げる。

「下って、どうしてですか」

「理由はあとで話す。だから指示に従え」

有無を言わさぬ口調で言われて、僕はスラックスと下着を脱ぎ、簡易式の寝台に乗り上がった。

「四つん這いになれ」

「え」

「いいから」

僕は開き直って言われたような格好になると、若先生は手を洗ってから後ろに立った。そして最初に腰の周辺を両手で確かめるように撫で、さらに腹を撫でてから尻に手を掛けてきた。

「先生、何を……」

「診察だ。すぐに済むからじっとしていろ」

「でも」

若先生は双丘を左右に広げ、露《あらわ》になった場所に指を添えてくる。

「あ……っ」

羞恥を上回る、強烈に込み上げる嫌悪感と吐き気に、腕の力が抜けそうになる。

「我慢しろ」

「でも……っ」

背筋を這い上がる恐怖と嫌悪、さらには全身が粟立つ感覚に、泣き出したい衝動に駆られる。

必死に声を堪えようとしても、若先生の指が体内を探るたび、声にならない声が溢れそうになった。

これまで、何度か診察はしてもらっているが、こんな風に内診をされたのは初めてだった。

医師である若先生が診《み》れば、康晴さんとの行為までもがわかってしまうかもしれない。

自分たちの関係は知られている。だからといって、恥ずかしさがなくなるわけではない。

「もういいぞ」

羞恥で溢れてきた涙に濡れた顔で、僕はぼんやりと若先生の顔を見上げる。

「先生……」

「服を着なさい。話はそれからだ」

眼鏡のブリッジを押し上げる若先生は、苦虫を噛み潰したような表情を見せていた。

僕はのろのろと脱いだ服を着てから、改めて先ほどまで座っていた椅子に座り直す。

康晴さん以外の人が触れた場所には、強烈な違和感が残っていて、今も軽く吐き気もあった。

「最初の発情期は、半年前だったな。そのあと、何度発情期がきた？」

「二度、です」

恥ずかしさゆえに、先生の顔を見る勇気が出ない。

「時期は？」

「最初の発情期を終えて二か月後ぐらいです。三度目は最近です」

「薬は飲んでいたか？」

続く問いに、僕はすぐに答えられない。

「邦彦？」

「……忘れたこともあります」

でもそれは意図的ではない。

不意を衝《つ》いて訪れる発情期において、僕の中に冷静な判断力は残されていない。飲まなくてはと思う気持ちより、子孫を残したい、性交をしたいという気持ちが強く働いてしまうのだ。

言われるままに答えると、若先生は手元のカルテに何かを書き込んでいく。それからしばし何かを確認してから、ゆっくりため息を吐いた。

「あの……僕の体、何かおかしいところがあるんでしょうか？」

突然に不安が押し寄せてくる。

元々、『無明』というものが何かもよく分かっていない。

「もしかしたら、普通の人はかからないような病気にかかってるんですか？」

体調が良くないのもそのせいなのか。

ただ疲れているだけだろうと思っていたときは平気なのに、いざ病気かもしれないと思った瞬間、心細くなってきた。

「――普通の人はかからない、というのは当たっているな」

「どういうことですか」

若先生の言葉で、心臓が大きく鳴った。

目の前がチカチカしてきて、呼吸が速くなる。

「先生……」

「妊娠したらしい」

「……え？」

若先生の言っていることがわからない。

「妊娠って、なんの話ですか」

「俺も『無明』の、それも男が妊娠したケースは初めてで、はっきりとした診断はできない。今日の結果を持って、さらに数か月の様子を診ないと確定はできない。だが、十中八九、間違いないと思う」

「間違いないって……」

「時期を考えると、おそらく二度目の発情期のときに受精したんだろう。まだ体が安定していないから、妊娠はしないと思っていたんだが……安定していないからこそ妊娠したのかもしれない。症状として表に出ていなかっただけで、お前の体の中はしっかり子どもができる機能が出来上がっていたんだな」

「受精……」

「この先のことも含めて、西國とも色々相談する必要が出るだろうが、とりあえずは親父にも今日の結果は話しておく」

「この先のこと……」

「今は多分、妊娠四か月ぐらいだろう。吐き気や体調が悪いのは、おそらく悪阻《つわり》だ。女性の場合は、少しずつ腹が出てくるが、『無明』の男の場合もある程度出てくるはずだが……」

「ちょ、ちょっと待ってください」

僕はそこでようやく、若先生の話を止めることができた。

「なんだ」

「妊娠って、なんの話ですか。四か月って、誰がですか」

僕は改めて若先生に確認する。

「受精って、なんの話ですか。悪阻って……そんな話をされても、僕には意味が……」

「邦彦」

若先生は僕の両手を摑んできた。

「突然の話で信じられないのはわかる。だが、落ち着いて話を聞くんだ」

「落ち着いてって言われても、だって、僕、男ですよ？　男の僕が妊娠するわけが……」

「妊娠するんだよ、お前は」

必死に否定しようとする僕の言葉を、若先生は強い口調で否定する。

「説明しただろう。邦彦は『無明』と言われる存在で、男でも子どもが生める機能があると」

以前若先生から、『無明』の体についての説明を受けている。

男同士でも、また女同士の間でも、『無明』は子を成すことが可能だという。

男の場合、直腸の奥に、女性の機能で言う子宮のようなものがあるらしい。そして排卵のような状態が起きることで、発情期が生じるらしい。

生物学的な説明は受けてもよくわからなかったが、実際に僕の体には発情期が訪れる。

「でも……」

僕は若先生に掴まれていた手を振り払う。

「お前の服用していた薬は、それを飲めば妊娠しないというものではない。発情期の症状を多少おさえたり、期間を安定させることで、妊娠する時期やしやすい時期を明確にするものにすぎない」

子どもを生める機能があると言われても、それですぐに妊娠するわけではない。

大体、まだ発情期も三度しか訪れていない。そのたび、康晴さんと数え切れないほど性交したのは事実だが、だからといってそれで受精し妊娠するだなんて、実感できるはずがない。

『私の子を孕めばいい』

突然に康晴さんの言葉が蘇《よみがえ》ってくる。同時に、全身が総毛立った。そして僕は自分のお腹の上に両手を置く。

「まだ触ってもわからないだろう」

若先生の言葉に僕は顔を上げる。

「本当、なんですか」

声が震えている。

だって、信じられない。

「本当に僕は妊娠しているんですか」

このお腹の中に、赤ちゃんがいるというのか。

そこを触ってもいつもとなんら変わりない。

ただ少し吐き気があって体がだるいだけだ。

「先ほども言ったように、確定は今の段階ではできない。だが触診の感じと、邦彦の体に出ている症状を合わせると、おそらく間違いない」

若先生の神妙な表情と言葉が、今回は不思議なほどストンと僕の心に落ちてきた。

僕は、妊娠している。

僕の体の中に、康晴さんとの子どもがいる。

「康晴にも話をした上で、今度一緒に来てくれ。言いにくいなら医者として話してもいい。さっきも言ったが、そのときに改めて今後のことを相談しよう」

「今後の話って……」

心臓がギュッと締めつけられる。

「俺は元々産科は専門じゃない。この先腹も出てくるだろう。さらには出産のときにどうするか。

事情を知らない産婆《さんば》に頼むわけにはいかないだろう。生まれた子の素性についてもどうするつもりか、康晴と相談しておく必要があるだろう」

こめかみあたりで、うるさいほどに鼓動が高鳴っている。

「こちらからも連絡をするから……」

「あのっ！」

強い口調で僕が発言を遮ると、若先生は眉を上げる。

「なんだ」

「康晴さんには、僕から先に話させてください」

「話しにくいんじゃないか？」

僕の心はお見通しなのだろう。

若先生の言葉に頷くものの、僕は「でも」とつけ加える。

「自分の口から直接伝えたいんです」

「わかった。それなら、邦彦が話したら連絡をくれ。そのあとで、医学的な話をすることにしよう」

「お願いします」

僕は膝に手を置いて頭を下げる。

「それからこれを」

若先生は何か書いていた書類を僕に渡してくる。

「これは……」

なんですかと尋《たず》ねる前に、そこに記された文字が目に入ってきた。

『妊娠初期に気をつけるべきこと』

「先生……」

「あくまで一般的な妊娠初期の注意事項だ。だからすべてが邦彦に当てはまるかどうかわからないが、ある程度症状は似ているだろう」

困惑気に若先生は語る。

若先生にとっても、実際の男の『無明』は僕が初めてで、その『無明』が妊娠するのも初めてなのだ。それゆえの困惑が伝わってくる。それでも医師として、僕を安心させようと、色々手を尽くしてくれている。

「ありがとうございます」

「この先、悪阻がひどくなる可能性もある。あまりに症状が重くなると脱水症状が起きたり、最悪入院する必要も出てくる」

「……入院……」

想像しただけで体調が悪くなりそうだった。

「悪阻の症状も人それぞれだ。とにかく無理をするな。辛いときにはすぐに身近な人に言えるように態勢を整える必要もある。だから、なるべく早く康晴に話すように」

「はい……」

無意識に、膝を摑んだ手の指に力が籠《こも》っている。

「それから、これは余計なお節介なんだが」

若先生は少し言いにくそうに口を開く。

「妊娠初期の性交についても、女性とは違うからはっきりしたことは言えないが、基本的には、したら駄目だということはない」

改めて言われて、僕はほっと安堵する。もし駄目だと言われても、もうしてしまった行為をなかったことにはできない。

「ただ体調が悪いようなら無理は禁物だ。いいな?」

最後、確認するように言われて頷く。

「わかりました」


帰宅して自分の部屋に籠ると、改めて僕は自分のお腹にそっと触れる。

まだぺったんこで、触っても何も感じられない。でもこの中に、僕と康晴さんの赤ちゃんが、新しい命が息衝《いきづ》いていると言う。

自分が『無明』だと若先生から知らされたとき、見た目は男でありながら、妊娠しうる体だということも告げられた。

自分の体のことであるにもかかわらず、どこか他人事のように思えていたのは、あまりに非現実的な話だと感じたからだ。

だってそうだろう。男が妊娠するなんて、普通に考えたらあり得ない。

つまり僕は、普通ではないということ。それはわかっていたはずだ。

己が『無明』と称される存在であることを知り、発情期が訪れても、まだ都合よく考えていた。日常生活すら送れないほど激しい欲情に困惑したし、同じ男であり、血を分けた存在である康晴さんに、抱かれたくて気が狂いそうだなんて、男としてどうなのかと、自己嫌悪した。

それでも、そこまではなんとか受け入れることができた。

僕は男だという、ギリギリの矜持《きょうじ》を保てていたからだ。

でもここで改めて、初めて自分が『無明』だと知らされたときに抱いた疑問が、僕の中に再び生じてしまった。

果たして僕は「人間」なのか。

男でありながら男と性交して妊娠してしまう「生き物」。

康晴さんは、何度も孕めばいいと言っている。

それこそ僕を抱くたび、僕の中に射精する。体の奥に康晴さんの吐き出したものが広がっていく感覚に浸って、僕は最高に気持ちよくなる。自分が男だとか女だとか関係なく、一人の人間として、愛されていると思えるからだ。

本気で康晴さんがそう思っていたなら、まさに思惑どおりに僕は孕んだということだ。

若先生から渡されていた薬も、必ずしも毎回言われるままに飲んでいたわけではなかった。心のどこかで、『無明』だと言っても、妊娠するわけがないと高を括《くく》っていたからだ。

それであれだけ、本能のままに発情期に交わっていたのだから、妊娠して当然だったのかもしれない。

だが冷静になって考えれば、康晴さんが実際に、僕に「孕め」と思っていたわけがない。日本という国の中枢を担う立場にある、西國という家の当主である以上、子孫を残すのは義務だろう。

でもそれは僕との間ではないと思い込んでいた。子どもを作れる体ではあっても、実際に子どもができると思っていなかったからだ。

『ご自身のお見合いですよ、お見合い』

突然、晩餐会で声を掛けてきた婦人の言葉が思い出されてしまう。

あの婦人の言葉が本当なら、康晴さんは僕と誰かを結婚させようとしているということだ。となれば、僕との間に子どもを本気で作ろうと思っているわけがない。

でも今、触れた体の中に、新しい命が芽吹いてしまった。

正直、嬉しいという気持ちはまだない。ただ困惑している。この先、順調に子どもが大きくなっていったら、僕の体はどう変化していくのか。

押し寄せる不安に押し潰されそうになり、不意に込み上げる吐き気に追い詰められる。

ベッドにうつ伏せに倒れ込んで、どのぐらい経ったのだろう。

コンコンというノックの音に気づいても、顔を上げられない。

「邦彦？」

開いた扉から聞こえてきた康晴さんの声に、全身が震えてしまう。部屋の明かりが点《つ》いて、眩《まぶ》しさに僕は腕に押しつけた目をぎゅっと閉じる。

「どうした？　病院から帰ったあと、食事もせずに寝ているらしいじゃないか」

「気持ちが悪いんです」

僕は顔を上げることなく答える。

近くに康晴さんが来る気配だけで、悲しいぐらいに体が反応する。

本当は顔を見たい。ちゃんと声を聞きたい。でも、僕が妊娠していると知ったら、康晴さんがどんな反応を見せるかわからなくて、顔すら上げられない。

両親が亡くなり、己が『無明』だという訳のわからない存在だとわかっても、やっと手に入れられた幸せな時間と場所だ。

自分の存在を受け入れ、愛してくれている康晴さんという人の手を、絶対に手放したくない。

「邦彦。顔を見せてくれないか？」

僕はうつ伏せのまま、首を振った。

「心配なんだ。ほんの少しでいい。顔を見たらすぐに部屋を出る。だから少しだけ」

髪を撫でながら康晴さんは優しい声を掛けてくる。

「昨日も調子が悪いと言っていたのに、無理をさせただろう？　私のせいだったら本当に申し訳なくて……」

「康晴さんのせいじゃないです」

誤解されたくなくて反論した瞬間、咄嗟に起き上がってしまう。そこで康晴さんと目が合う。

「やっと顔が見られた」

「……あ」

慌ててまた顔を逸《そ》らす前に、腕を康晴さんに捕らわれてしまう。

「やっとって、朝、会ってます」

「朝会って以来だから、私にしてみればやっと、だ」

当然のように言い放たれる甘い台詞《せりふ》に、凝《こ》り固まっていた心が溶かされてしまう。

「邦彦」

そして康晴さんは顔を近づけて唇を寄せてくる。

「康晴さん……」

この状態で重なってくる唇を拒めるわけもなく、僕は口づけを受け入れてしまう。

そして一度触れてしまえば、もっと欲しくなる。深い業《ごう》のように思えてしまう。

啄《ついば》むようなキスはすぐに深いものへ変化していく。

唇を食み、舌を貪る。

舌を絡め吸われ溢れる唾液を飲み合う。

初めてのときには躊躇《ためら》ってばかりだった行為が、今は僕を安心させてくれる。

康晴さんは僕の寝ていたベッドに乗り上がって、体に触れてくる。シャツのボタンを外され、露になった場所に掌《てのひら》が伸びてくると、ビクッと体が震えた。

昨夜もした。

二人の間で、これまでに何度も繰り返されて来た行為だ。触れるのが当たり前で触るのが当たり前。逃れることもなく、むしろそうされることを望むように、脱がされるのに協力していく。

唇から頬に移動した康晴さんの唇が耳朶《じだ》を甘く掠め、首筋に痕をつけていく。

「ん……っ」

鎖骨の窪みを舌で刺激され、軽く腰を浮かす。続けて康晴さんの手が胸元を撫で胸の突起に触れた途端、いつもと違う感覚が僕の中に生まれた。

「痛……っ」

敏感になった場所を刺激されると、痛みを覚えるときもあった。だが今日は違う。膨《ふく》らんだそこは軽く指でなぞられるだけで、熱を孕んだように疼いてきた。

それでも気のせいだと堪えた。

指だけでなく舌で突つかれて、ビクッと反応しても、気のせいだろうと思った。感じやすくなっているだけだと思い込もうとしても、気づけばそこに神経がいってしまう。

もう一方を指で摘《つま》まれると、違和感は強くなる。これまでのように、ただ気持ちが良くて何も考えられなくなるのとは違う。

だが康晴さんは、そんな違和感に気づかないように、執拗《しつよう》に胸を刺激し続けていた。

「邦彦……」

愛撫されればされるほど頭が冷めてしまう。自分でも理由がわからないまま、それでも康晴さんの頭に手をやって気を逸らそうとした。

だが康晴さんの手が腹に移動した途端、頭が真っ白になった。

そして僕は頭で考えるよりも前に、両手で康晴さんを拒んでしまう。

「どうした？」

おそらく康晴さんは、僕が拒否したのだとは思っていないのだろう。ただ両手で押し返しただけ、ぐらいに思っていたのかもしれない。だから怒るでもなく、何が起きたのかと僕に確認してきたのだ。

でも違う。僕は今、康晴さんに触れられるのが嫌で、両手で頭を押しのけてしまった。

「ごめんなさい」

「何を謝っている？」

康晴さんが伸ばしてくる手から逃れ、両手で自分の体を抱え込んだ。

「邦彦？」

何が起きたのかわからないだろう康晴さんは、不思議そうに僕の名前を呼ぶ。咄嗟に首を振ることしかできないでいたが、突然に吐き気が襲ってきた。

「……っ」

僕は口を手で覆い、ベッドを飛び降りて部屋に置いてあった洗面器を抱え込む。

「う……っ」

その場で戻してしまう僕に驚いて、康晴さんが寄り添ってきた。そして背中を撫でてくる掌の温もりに、嘔吐感が増してしまう。

「触らない、で、ください！」

振り返って叫ぶと、そこで康晴さんはようやく状況を把握したらしい。そのまましばらく落ち着くのを待って康晴さんは僕に聞いてきた。

「今日、病院に行ったんだろう？　山城はなんて言っていた？」

「なんでもありません」

僕は振り返ることなく応じる。

「そんな状態で、なんでもないことはないだろう。邦彦。何を隠している？　私に言えないのか？」

「なんでもないんです。だから、康晴さんは部屋から出て行ってください」

叫んだらまた刺激されたらしく、吐き気が戻ってきた。だがろくに吐けるものはなくて、胃液が溢れてきた。

康晴さんはそれからしばらく様子を見ていたが、僕が絶対に口を割らないと判断したのだろう。一度部屋を出て水を持って戻ってきたものの、そこで何かを言うことはなかった。

あのとき、康晴さんは僕の腹に触れようとした。いつものように愛撫しようとしただけだ。だがその瞬間、僕は自分が妊娠しているという事実を、そして、若先生の言葉を思い出した。

性行為をしたら駄目だとは言わないが、無理は禁物だと言われた。

決して子どもを守ったわけではない。ただあの瞬間、自分がこれまでとは違う状態だという事実を思い出してしまったのだ。

触れられた胸が今も痛い。そっとシャツが触れている場所を見ると、まだふっくらと膨らんだままだった。

若先生が書いてくれたメモの中には、これから起きるかもしれない体の変化が記されていた。

場合によりけりだが、乳首が敏感になって、衣服に触れただけで痛むこともあるらしい。

今のこの反応が、妊娠のせいなのか、康晴さんに刺激されたからなのかはわからない。

「どうしよう……」

でもこの乳首の反応で、僕は改めて、自分が妊娠している事実を痛感した。

若先生に言われてもどこか他人事のように思えていたのに、体の変化を実感したことで、これは現実の出来事だと認識してしまった。

腹に手をやる。

何も反応はない。でもここに、間違いなく赤ちゃんがいる。


夜は眠れないままに過ごしてしまった。

そして朝になって気まずさを堪えてとりあえず朝食の場に行く。だが食べ物の匂いに我慢できず、僕はすぐに席を立ってしまった。

「最悪だ……」

再び食事の場に戻ると、そこに康晴さんの姿はなかった。

「お食事、召し上がられそうですか？」

家令の仲谷《なかたに》さんが、心配して声を掛けてくれる。

かろうじてフルーツだけは食べられそうだったので、バルコニーで風に当たって、シェフの作ってくれたジュースを飲んでいると、康晴さんがやってきた。

「車に乗れるか？」

そしてなんの前置きもなく聞かれる。

「わかりません。吐き気があるので」

「気持ち悪くなったら停車するから、出かける用意をしなさい」

「出かける用意って……」

有無を言わさぬ口調で言われて、僕は仕方なしに着替えをした。屋敷の前の車寄せに停車していた車の後部座席に乗り込まされる。

康晴さんは、僕のためにジュースの入った水筒と水の入った水筒、さらに洗面器、タオルと袋を用意してくれた。

「調子が悪くなったらすぐに言いなさい。もし眠れるなら横になりなさい」

「横にって……康晴さんはどこに……」

僕の疑問に、康晴さんは自ら運転席に乗り込むことで答えをくれる。

「康晴さんが運転するんですか？」

「悪いか？」

「悪くはないですが……運転できるんですか？」

「留学先ではどこへ行くにも自分で運転していた」

不機嫌そうに言うと、康晴さんは運転席に座り、エンジンを掛けてアクセルを踏み込んだ。

走り始めてすぐは緊張していたが、すぐに慣れた運転技術に安心した。

どこへ行くのか尋ねることもできず、ただ窓から外を眺めるしかなかった。

混雑していた道路も、都心を抜けると空いてきた。

さらに家を出た直後は少し残っていた吐き気も、少し開けた窓から流れる風のおかげで、気づけば消えていた。そしていつの間にか、車の振動が子守唄代わりになったのか、眠っていたらしい。

次に気づいたときには、潮の匂いのする、少し湿気のある風が肌に纏わりついていた。

「潮の香りがする……」

ぼんやり目を開けた途端、視界に飛び込んできた光景に僕は息を呑んだ。

「……海！」

驚きに上げた声で、僕が起きたことに運転していた康晴さんも気づいたようだ。

「起きたのか」

「海です。康晴さん。海です！」

「見ればわかるだろう」

興奮気味に語る僕と違って、康晴さんは淡々としている。

ってきた。


「そうですけど……」

康晴さんの反応に寂しさを覚えながらも、僕は窓から外を眺める。太陽に照らされてキラキラ光る水面が美しい。

もうしばらく走らせてから、康晴さんは車を停める。そして自分が降りてから、後部座席に回ってきた。

「気分は大丈夫か？」

「眠れたので楽になったみたいです」

伸ばされた康晴さんの手に摑まって車を降りると、潮の香りのする風が吹きつけてきた。

真っ青な空。

そして同じだけ真っ青な広い海が、目の前に広がっている。

「海……」

打ち寄せる波の音が、なんとも心地いい。

「海は初めてか？」

「そうだと思っていたんですが……」

康晴さんは僕の手を摑んだまま、ゆっくりとした足取りで道路から浜辺へ向かって歩いていく。

慣れないせいで砂に足を取られるものの、それすらも楽しい。

「……が？」

「幼い頃に、お父さんに連れてきてもらったことがあったのを思い出しました」

ここに来るまで初めてだと思っていた。

だが砂を踏み締める音や頬を撫でる潮を含んだ風の感覚に、幼い頃の記憶が呼び覚まされて来た。

「多分、お父さんとお母さんと三人で、今日みたいに車で来たんだと思います。まだ僕は、あのとき三歳とか四歳ぐらいで……」

「郷」に住んでいた頃に、連れてきてもらったのだろう。

二人と一緒に出掛けられたのが嬉しくて、はしゃいでいた自分の姿が蘇ってきた。

幼い頃の記憶が曖昧な僕にとって、貴重な思い出だ。

「この近くに、西國の別荘がある。おそらく父はそこに君を連れてきたのだろう」

「すみません……」

僕の幼い頃の「家族の思い出」は、康晴さんにとっては複雑な思い出となるのだろう。

「君が謝ることはない」

康晴さんは僕の気持ちを汲《く》んでなのか、柔らかい表情で応じてくれる。

「私もまったく思い出がないわけではない。物心つくか否かぐらいの頃に、両親と祖父と、夏休みに何度かこの別荘を訪れている」

「そうだったんですか……」

僕も康晴さんも、幼い頃にこの海で遊んでいたのか。

「一緒に遊べたらよかったのにな」

無理だとわかっていて呟《つぶや》くと「そうだな」と康晴さんは相槌《あいづち》を打ってくれる。

そして手を繋いだまま、波打ち際を歩く。

「気分はどうだ?」

「大丈夫です。心配をおかけしてすみません」

もう少し暑ければ、裸足になって海に浸かりたいところだった。

海の記憶はさっき話した思い出のみだ。泳ぐのは怖いが、水遊びをするのは気持ちよさそうだ。

そんなことを思っていると、家族連れの姿が見えた。両親と幼い子ども。まさに僕の想像したとおりの光景だ。

彼らの姿を遠くに眺める場所で、康晴さんが足を止めた。そして繋いでいた手を離す。

「康晴さん……」

温もりのなくなった手を僕はぼんやりと見つめる。

「私は邦彦を、大切な家族だと思っている」

「……どうしたんですか、突然に」

「私が君以外の人と結婚していることで、不安にさせているのはわかっている。だがそれが君のためだったということも、わかってくれているだろう?」

どうして改めて説明するのだろう。

僕は躊躇いつつも頷いた。

「わかっている……つもりです」

「私にとって本当の意味での家族は、邦彦だけだ。心を許し、こうして苦しみや喜びを共有できるのも、君だけだ」

恵まれた環境で暮らしているように見えていても、康晴さんは実際には家族の愛に飢えていたのだ。

康晴さんの本当の父親は実際には叔父さんで、戸籍上の父親は僕の母である愛人のところに入り浸っていた。康晴さんの母親は、体裁《ていさい》だけを気にする女性だった。祖父には、西國の当主として生きることを求められ続けてきた。

誰もが羨《うらや》む西國の家の幸せな光景は、まがい物に過ぎない。

「君と一緒に暮らすことで、初めて家族というものを実感している。君と『番』となって、二度と離れられない運命だと知らされたとき、私はその運命に感謝すらした」

「……康晴さん……」

胸の奥がぎゅっと締めつけられる。

運命に感謝したのは僕のほうだ。

「君にとっては不安しかなかったかもしれない。だが私は、君とこの先ずっと一緒にいられることが、嬉しくて仕方がなかったんだ」

これまでにも康晴さんの気持ちは聞かされている。だがここまではっきり康晴さん自身の言葉で聞かされたのは、初めてかもしれない。

だから余計に不安になる。どうして突然にこんな話をしてくるのか。

「邦彦も同じ気持ちでいてくれていると信じて疑わなかった。だから隠し事をされると、心配になる。君が思っていることを言えない状況を私は作り出しているんだろうか。何か不安にさせているんだろうか」

正直な言葉に、僕はふるふると首を左右に振った。

「僕は……」

「何か、隠し事をしているだろう？」

改めて康晴さんは僕の顔を真っ直ぐ見据えてくる。強い瞳には、心の中まで見透かされている。僕が言わなくても、もう何もかもわかっているのではないか。何もかも打ち明けても大丈夫ではないか。そう思うものの、最後の勇気が出ない。

「康晴さん……」

僕が答える前に、康晴さんが一歩前に足を踏み出してきた。

「言えないか？」

こんな風に、西國財閥のトップにある康晴さんを不安気な表情にさせているのは僕だ。申し訳なさに泣き出したい気持ちになった。

「どうして泣く？　泣くぐらいなら話してくれないか」

「でも……でも……」

泣きたいわけじゃない。でも溢れてくる涙を堪えられない。

唇を噛み締め首を左右に振りながら、僕はその場にしゃがみ込んでしまう。

「邦彦……」

「怖いんです」

僕は正直に打ち明ける。

「何が？」

「本当のことを言って、康晴さんが僕の前から去ってしまうかもしれないことが」

想像しただけで、言葉にしただけで、不安に胸が押し潰されそうになる。

「康晴さんが僕を大切な家族だと言ってくれるのと同じように、僕も康晴さんのことが大切なんです。だから……話をすることで、今のこの関係を壊したくない」

「壊すかもしれないような秘密なのか？」

康晴さんの口調はこれ以上なく優しく穏やかだ。一歩踏み間違えたら、泣きじゃくってしまいそうな僕がぎりぎりで堪えられているのは、康晴さんの口調のおかげだ。それから波の打ち寄せる音が、心を落ち着かせてくれる。

「……かもしれません」

僕にもわからない。だから言えない。

「そんなに私は信用ないのかな」

ギシッと砂を踏み締める音がして、僕の前に康晴さんもまたしゃがみ込んできた。そして膝に押しつけた僕の頭を優しく撫でてくる。

「私は君と出会ってから、君一人、抱えても溺《おぼ》れたりしないよう強くなったつもりだ。そのために君を傷つけるだろうとわかっていて、正式に西國の後継者としての地位を得るため、かりそめの結婚までした。だがそれが表向きのものだというのは君もわかっているだろう？　私たちの間には、目に見える『兄弟』という関係があるだけではなく、他の人には決して見えない『番』という絶対的な関係もある。それが私にとっては、何よりも強い証となっている」

ポンポンと頭を優しく叩かれる。まるで親が小さな子どもにするような仕種で、胸につかえていたものが落ちていくように感じられた。

「頼りなく見えるかもしれないが、私は見た目よりも強い。今まで、西國の次期後継者として厳しく育てられたことで、祖父を散々恨んできた。だがそれによって、簡単には折れない強い心が生まれた。君がすべてを委《ゆだ》ねても大丈夫だ。どんなことも受け止めてみせる。今さら新しい秘密を明かされたところで驚いたりしない」

その言葉に促《うなが》されるようにして僕は涙に濡れた顔を上げる。康晴さんはそんな僕の頬を濡らす涙を親指で拭っていく。

「そんなに泣かないでくれ。泣くほどに苦しいのであれば、私にも分けてほしい。楽しいことは二人で楽しむのと同じで、苦しみも二人で分けよう。もう一度言う。私は君一人ぐらい、支えられる……」

「……一人じゃ、ないんです」

「え？」

僕は震える声で、隠していた秘密を口にする。

「一人じゃ、ないんです」

そしてもう一度同じ言葉を繰り返すと、康晴さんは驚きに目を見開いた。

「一人じゃ、ない、とは……もしかして、君の母親が生きていたとか……」

「違います」

そういう発想になるのも仕方ないだろう。僕は首を左右に振った。

「ではどういう……」

康晴さんの問いに、僕はすぐに答えられなかった。もう覚悟を決めているのに、話すしかないとわかっているのに、まだ不安が押し寄せてくる。

僕は懸命にその不安を避けて、唇をぎゅっと噛み締めた。

「赤ちゃんが……」

「赤ん坊？」

まだ康晴さんは理解しない。だから僕ははっきりと告げる。はっきり告げなければならない。

「……妊娠、しました」

それでも理解してもらえなければ、他になんと言えばいいかわからなかった。

男が妊娠する。そんなこと、いまだに僕自身、理解できていない。それでも僕の体の中には命が芽生えている。

若先生は確定ではないと言っていたが、僕は確信した。信じたくない、信じられない気持ちもある。

けれど確実に体が変化しているのがわかる。

今、僕の前にしゃがんでいる康晴さんの子どもを、身籠《みごも》っているのだ。

「妊娠、と、言ったか？」

康晴さんに確認されて僕は頷きで応じる。

「私の、子、なのか」

だが次の問いには驚かされる。だから咄嗟に、僕は目の前の康晴さんの頬を叩いてしまっていた。

康晴さんは、その平手から逃れなかった。

バチンッという派手な音が、蒼《あお》い空に飲み込まれていく。

「貴方が……そんなことを言うんですか！」

妊娠の事実を疑うならともかく、相手を疑われるのは心外だった。

「番だとわかっていて、他の人との子どもなんて妊娠できるわけがないのに」

我慢していた涙が一気に溢れてきた。

悲しさではなく悔しさに、我慢ができなくなった。

「すまない。邦彦、すまない。許してくれ。疑ったわけじゃないんだ。ただ信じられなくて……」

「それで、他の人との子どもだなんて疑うんですか」

「違う。いや、そう思われても致し方ないかもしれない。だが違う。相手を疑ったわけではなく……ああ、上手《うま》く言えないが、私のような最低の人間が、人の親になれるのかと疑問に思っただけだ。君を疑ったわけじゃない」

康晴さんは僕の手を掴んでくる。

「改めて教えてくれ。君は本当に、妊娠しているのか。私の子をその身に宿しているのか？」

康晴さんは真剣な表情で聞いてくる。

僕は涙をそのままに、しっかり頷いた。

「若先生のところに行ったときに、確定はできないけれど、おそらく間違いないと……」

「邦彦！」

最後まで言い終える前に康晴さんは僕を抱き締めてきた。

「邦彦。ありがとう、ありがとう」

康晴さんは痛いぐらいに背中を強く抱き締め、肩口に額を押しつけてくる。

罵《のの》られるかもしれない。拒まれるかもしれない。そんなことばかり想像していた。だから、まさか礼を言われるとは思っていなかった。

「君が子どもを作れる体だと知ってから、まるで口癖のように繰り返してきた。あれは本気の言葉だった。君が愛しくてたまらなかった。抱けば抱くほど君への想いが募り君の中に注いだ私の残滓《ざんし》が、新たな命を生み出せば、どれだけ幸せだろうかと想像した。だが無理だろうと思っていた。君が『無明』だとはいえ、発情期の君を半ば無理やり抱いた私に、そんな資格はないだろうと思っていた」

想いを紡《つむ》ぐ康晴さんの声が震えていた。

「それでも、邦彦との間には、従兄弟としての関係がある。番だという運命もある。それで十分幸せだと思っていた。それなのに、これ以上の幸せが舞い込んでくるとは……誰が想像できただろう」

康晴さんは、そこで何かに気づいたように、抱き締めていた僕の体を解放する。そして肩に手を置いた。

「康晴さん……」

「すまない。きつく抱いてしまったが、体は大丈夫か？」

慌てる康晴さんの様子に驚かされる。

「はい、大丈夫で……」

「考えてみたら、身籠っている君を、こんな寒い場所に連れて来たら駄目じゃないか。ああ、砂の上に直接座ったら、体が冷えてしまうじゃないか」

「康晴さん？」

突然の展開に、僕は康晴さんが何を言っているのか理解できなかった。茫然《ぼうぜん》と見つめる僕を無視して、康晴さんは上着を脱ぐと僕の肩に掛けたかと思うと、そのまま横抱きにした。

「わ、何を……」

「別荘まですぐに行こう。温泉が引いてある。冷えた体を温めよう」

「あの……」

「もしかしたら、長時間車に乗せたのもよくなかったんじゃないか？　そうか。気持ちが悪かったのは、悪阻のせいだったのか？」

今さらな質問に、僕は「はい」と応じる。

「君が妊娠したらいいと思っていたのに、口ばかりな男で済まない。まったく気づけなかった。西國の当主だと偉そうにしていても、君が大変な状況にあっても気づけない情けない男だ。だがもう何も心配はいらない。安心して出産できるよう、腕のいい、そして口の固い最高の産婆を手配するから……」

「あの、ありがとうございます。今後については、若先生が改めて康晴さんと相談しなければならないと言っていました」

「山城が？」

「男である僕が出産することは、公にできないことだから、と」

「――ああ」

改めて康晴さんは、その事実に気づいたようだった。

「すみません」

「どうして謝る？」

理由を言葉にすることなく、僕は康晴さんの胸に額を押しつけた。

西國の別荘は、熱海《あたみ》の海を一望できる高台にあった。

その別荘に用意された露天風呂に浸かりながら、康晴さんは改めて僕の腹に手を伸ばしてくる。

「まだ触ってもわかりません」

「そうだが」

わかっていると言いながら、隣に寄り添って、ずっと腹に触れている。

心地よい湯に浸かって優しく康晴さんに触れられていると、これまでの不安が嘘のように幸せな気持ちになる。

でも、完全に不安が消えたわけではない。

「本当に……僕は子どもを生んでもいいんでしょうか」

「どうしてそんなことを言う？　さっき謝っていたのも同じ理由か？　まだ私のことが信頼できないか？」

「そうじゃありません」

僕は強い言葉で康晴さんの言葉を否定する。

「康晴さんのことは信頼しています。ただ、若先生が前に言っていたことを思い出してしまって」

「山城の言っていたこと？」

「『無明』からは『無明』が生まれやすい、と」

絶対ではないらしい。でも、僕の母も『無明』だった。

今回、生まれてくる子が『無明』だったら、その子もまた、僕と同じ悩みや苦しみを背負うかもしれない。

「確かに山城はそう言っていた。だが確率としては高いが、『無明』から『優勢種』も生まれているし、『優勢種』から『無明』も生まれていると言っていただろう？」

「そうですが……」

それでも不安が募ってしまう。

「君の気持ちがわからないわけではない。だが、生まれてくる子が『無明』かそうでないかは、生まれてこなければわからない。今の段階で知っているのは、それこそ神だけだろう」

「でも」

「おいで」

康晴さんは、僕の体を自分の膝の上に抱きよせる。そして背後から、まったく見た目には変化のない僕の腹を撫でてくる。

「ここに私と君の子がいるなんて、不思議だな」

改めて康晴さんは感慨深げに言葉を紡ぐ。その感想は僕も同じだ。それでもここには、二人の子がいる。

「生まれてからのことは生まれてから考えよう。とにかく今は君は自分の体だけを労《いたわ》るといい」

「康晴さん……」

「余計な問題はすべて私に任せておきなさい」

力強い言葉に、僕は思わず康晴さんを振り返る。

「妊娠したのがわかってから君が一人で不安に思っていた分、今後はすべて私が担っていこう」

「え……」

それはどういう意味なのか。

「生まれた子をどうやって育てていくか、生まれた子が君と同じ『無明』だったときにどうするか。すべて私が君の不安を取り除いていく」

康晴さんは真っ直ぐに僕を見つめる。

「そのために、私は君を哀しませながらも、西國の当主の座を得たのだ。君のためなら、多少時間はかかるかもしれないが、日本の法律すら変えてみせよう」

「康晴さん……」

壮大な話だが、康晴さんは本気だ。

本気で僕と、これから生まれる子どものために、いざとなれば法律さえ変えるつもりでいるのだ。

これまで康晴さんは常に有言実行してきた。そしてそれはこれからも同じだろう。

「私は君が『無明』だったことに感謝している。『無明』だからこそ私の子を生んでくれる。これほどまでに嬉しいことはない」

「康晴さん……」

あまりの幸せに、涙が溢れてくる。

誰もが、自分自身すら、己が『無明』であることを疎《うと》ましく思っている中、感謝すると言ってくれる。その言葉に嘘がないことは明らかだ。

だから僕は康晴さんを信じられる。

強い言葉に、僕は身を任せる。そして康晴さんは僕の体を改めて撫でる。

腹だけではない。頬を、肩を、胸を撫でてから、また腹に戻ってくる。

驚かさないよう、余計な刺激を与えないよう、細心の注意を払って優しく撫でられる。

「それよりも私には不安なことがある」

「なんですか？」

「見た目、男である君の体の中で、どうやって子どもが育っていくのかだ」

優しく腹を撫でられると擽《くすぐ》ったくなった。笑いたくなるのを堪えて僕は康晴さんに同意する。

「僕もです……」

腹に子どもがいると知ってから、ずっと不思議に思っている。これから変化する体に戸惑いながら、康晴さんと一緒に学んでいきたい。

「赤ん坊が生まれると、ここから乳が出るようになるのか？」

そして康晴さんの手が乳首に触れてくる。先ほどまでの優しい撫で方とは違う、明らかに煽る意図を持った触り方に、「あ」と甲高い声が零《こぼ》れ落ちてしまう。

「感じるのか？」

「はい」

恥ずかしさに頬が熱くなる。

「山城には、どんな話をされた？」

「出産までの間に、僕の体に起こるだろう変化とか……」

話しながら、康晴さんの手が僕の下肢に伸びていく。湯の中でゆらゆら揺れていた性器は、康晴さんが触れた途端、びくと大きく弾いた。

「昨夜君が私を拒否したのは、出産まで性交を禁止されているからなのか？」

「……え、いえ」

僕は慌てて否定した。

「そうではないのか？」

改めて確認されると、どう答えたらいいのかわからなくなる。

「あの、昨日は少し怖くて……」

「怖い？」

「妊娠していることも言えなかったし、いつもみたいに激しくされたら、僕も訳がわからなくなるし……それで、もしものことがあったらどうしようかと……」

激しい性交が当然のように思っている自分が恥ずかしくて、首まで赤くなってしまう。そんな僕の項に、康晴さんが唇を押しつけてきた。

「それは私が悪い。すまない」

さらに強くそこを吸われると、背筋を電流のようなものが走り抜けていく。

「つまり、激しくない性交ならしても構わないということか？」

康晴さんは返事をする前に湯の中で揺れている僕の性器を両手で包んでいた。

根元から先までを扱《しご》くようにされると、それだけで腰が揺れてしまう。

昨日していないだけで、体が康晴さんを欲している。体の奥に康晴さんが欲しい。

何度も繰り返している行為なのに、温泉だからということと、妊娠しているからか、これまで以上にものすごく敏感になっていた。

全身で、そして心から、康晴さんを求めている。

「はい」

返事は、ゆっくりと重なってくる唇に飲み込まれていく。

康晴さんは僕の唇を優しく吸い上げながら、性器を一旦解放した。その代わりに、掌全体で胸を撫で、指の間で乳首を挟んできた。敏感な体の中で、最も過敏になっているそこは、軽く触れられるだけでも全身が震えるほどに感じてしまう。

「ん……」

込み上げる快感に声を殺す僕の様子を見て、康晴さんは眉を顰《ひそ》める。

「……どうして泣いている？」

戸惑ったように問われて、僕は慌てて笑顔を繕う。泣いているのは悲しいからではない。でも言葉にしなければ伝わらない。だから懸命に涙を堪えて想いを言葉にする。

「こんなに幸せでいいんでしょうか」

次から次に、幸せな感情が溢れてくる。

僕一人だったら、運命に翻弄《ほんろう》されるだけだっただろう。でも康晴さんが一緒だったら、どんな運命にも立ち向かっていこうと思える。不安が完全に消えたわけではないが、生まれてくる子どもを、一緒に育てていきたいと思える。

それがどれだけ幸せなことか。どこか夢を見ているような感覚の僕に、康晴さんの熱がこれは現実だと教えてくれる。

「幸せなのは私だ」

そんな僕の言葉に康晴さんが応じる。

康晴さんは猛った己の欲望で、ゆっくり僕を貫いてくる。ただひたすらに性欲を煽るためではなく、体だけでなく心を満たすように思える。

「私は私の一生をかけ、君と子どもを幸せにすると誓う」

誓約の言葉は、僕の体に直接刻まれる。


それから、数か月後。

西國の屋敷の離れにおいて、僕は難産の末に、子どもを出産した。

立ち会ったのは、山城の若先生、山城先生の探し出した、信頼の置ける産婆に、康晴さんだった。かつて郷で暮らしていたという産婆は、母のことも知っていて、僕を取り上げてくれた人だった。さらには『無明』の男の出産に立ち会った経験もあった。

産婆からは、『無明』の男が難産になりがちなことは聞かされていた。それでも、どれだけ時間がかかろうと、絶対に僕も子どもも安全に出産させると約束してくれた。

だから安心して、身を任せることができた。

長時間に及ぶ出産の間、康晴さんは隣の部屋にいろと言われても聞かず、僕の枕元で手を握ってずっと声を掛けてくれた。

痛みに何度も気が遠くなりそうな中、優しい康晴さんの声だけはずっと聞こえていた。

大丈夫。待ってるから。頑張れ。愛している。

掌から伝わる温もりに、力をもらって、やっとのことで生まれた子どもは——男の子だった。

康晴さんは涙に濡れた顔で赤ん坊の顔を眺め、そして僕の頬を撫でてくれる。

「ありがとう」と。

康晴さんのあんなに幸せそうな顔を、僕は初めて見たかもしれない。僕も康晴さんに、それから生まれた子にお礼を言いたかった。しかし安堵したことで襲ってきた睡魔には勝てなかった。

だから、目が覚めたら、康晴さんに一番に伝えようと思う。

「愛している」

それから、

「ありがとう」——と。

あとがき

一作目「つがいの掟」から間が空いてしまいましたが、あのときにあとがきで書いていた、同じ世界観のオメガバースの話を書かせていただくことができました。

今作「つがいの半身」は、「つがいの掟」のときの主人公の親のお話です。

また、雑誌に載せていただいた、「つがいの掟」の後日譚も一緒に収録してもらいました。

日本の明治後期から大正時代をイメージしていますが、架空日本ということで細かい設定などについては目を瞑っていただき、雰囲気を楽しんでいただければ嬉しいです。

白崎小夜様の素敵なイラストを、今回もとても楽しみにしています。お忙しいところ、ありがとうございます！

担当様には多大なるご迷惑とご心配をおかけしてしまいました。申し訳ありません。それから、ありがとうございました。

「つがいの半身」。いかがでしたか？

私なりのオメガバースの世界を楽しんでもらえたら嬉しいです。

佐倉井シオ　@shiosakurai_

## 初出一覧

つがいの半身　／書き下ろし
妊《にん》孕《よう》 ～つがいの掟後日譚～　／小説ビーボーイ（2016年夏号）掲載

ビーボーイスラッシュノベルズを
お買い上げいただきありがとうございます。
この本を読んでのご意見・ご感想をお待ちしております。

〒162-0825 東京都新宿区神楽坂6-46
ローベル神楽坂ビル4F
株式会社リブレ内 編集部

リブレ公式サイトでは、アンケートを受け付けております。
サイトにアクセスし、TOPページの「アンケート」から該当アンケートを選択してください。
ご協力をお待ちしております。

リブレ公式サイト http://libre-inc.co.jp

SLASH
B-BOY NOVELS

# つがいの半身 ~オメガバース~

2017年7月20日 第1刷発行

■著 者 佐倉井シオ


■発行者 太田歳子
■発行所 株式会社リブレ

〒162-0825 東京都新宿区神楽坂6-46 ローベル神楽坂ビル
■営 業 電話/03-3235-7405 FAX/03-3235-0342
■編 集 電話/03-3235-0317

■印刷所 株式会社光邦



Printed in Japan
ISBN 978-4-7997-3399-8